生きてるだけで価値がある

松田陽子
Matsuda Yoko

サンマーク出版

チャリティーライブで熱唱しているところ

バンドメンバーとともに盛り上がる

野外の舞台で歌った神宮外苑花火大会

野外の会場に集まるお客さん

国連UNHCR協会・協力委員として
出したチャリティーブース

神宮外苑花火大会での大輪

ステージ上で観客にコールを
呼びかける

黒のＴシャツを着たスタッフ＆娘の「らな」とチャリティーブースで

2010年12月12日、初めてのホノルルマラソンを完走！
子宮頸がんを克服して完走したランナーとして共同通信の取材も受ける

生きてるだけで価値がある

目次

第1章 「生きる」か「子宮」かの選択

第2章　家族を引き裂いた「がん」の痛み

第3章 「人のため」の仕事で復帰！

装丁——泉沢光雄
写真（カバー）——高原慶祐
（口絵四頁）——©2011 ADK/HONOLULU MARATHON
（本文）——山本良平、山田寿久
ヘアメイク（カバー）——kimika
（本文）——杉山千秋
本文ＤＴＰ——染谷盛一（アートマン）
編集協力——上坂美穂、梅村このみ
株式会社ケイ・ライターズクラブ
協力——大野豊和
編集——綿谷　翔（サンマーク出版）

プロローグ

「……ゴボゴボゴボ」

口の中から管をいきなり引き抜かれる痛みで目が覚めた。

どこまで、管が続くのか。まるで内臓全部が出てしまいそう。果てしなく長い管は、私の身体の中からいつまでもいつまでも出てくる。

痛いよ……。苦しいよ……。

手術は無事終わったんだろうか？

麻酔でぼおっとした頭が回らない。

「陽子！　陽子！」

遠くで泣き叫ぶ母の声が聞こえる。

(だからお母さん、来ないでいいって言ったのに)

きれぎれに、ぼんやりと、心の中で母に語りかけていたように思う。それも夢だったのか。

ストレッチャーに乗せられて手術室から移動する廊下は、果てしなく長かった。

また意識が遠のいていく。こんどは麻酔のせいではなく、激しい痛みのせいで。

まさに、「生き地獄」ともいえる心地を、私は体験していた。


子宮頸《けい》がんで、子宮「全摘出」手術。

がんを宣告されてからわずか一カ月の出来事だった。

まるでジェットコースターに乗って急激に谷底へ落ちていくように、あらゆるものが変わってしまった。

三一歳の春。うららかな日に、人生を揺るがす大試練が突然襲いかかってきた。

第1章

「生きる」か「子宮」かの選択

運命を変えた不思議な「声」

一歳半の娘を乗せたベビーカーにもたれかかって、交差点で信号が青に変わるのを待っているときのことだった。

「病院へ、行きなさい！」

私の背後、頭の少し上のほうから突然声が降ってきた。耳に飛び込んでくるというより、頭の後ろあたりから響いているような声。振り返ってみても、私の周りに話しかけてきそうな人影はなかった。

五月のさわやかな風がただ吹き抜けていた。

横断歩道を渡った先の雑居ビルの一階に産婦人科が見える。

「病院って、あの病院？」

気のせいだ、なんか疲れているんだな。そう思いながらも少し気になったのは、子どものころから妙にカンが働くことがあったから。小学生のとき、ランドセルを背負って歩いていた通学路で「あぶない！」という声が聞こえたような気がして、あわてて道路の反対側に渡ったら、工事中の店の看板がすごい音を立てて倒れてきた経験があった。

そして、また聞こえた。

「病院へ、行け」

男の声でもない、女の声でもない。それは声としか言いようがない、なにか直観のようなものが私に知らせてくれている。

腰痛があって整体には通っていたけれど、産婦人科は子どもを産んで以来、ごぶさただった。産後の身体の調子を調べてもらうには、ちょうどいいタイミングなのかもしれない。

その声に従ってみよう。

そんなごく軽い気持ちだった。声が聞こえた場所から見えた病院で、市が行っている無料婦人科検診を受ける。

そして、これが私の運命を大きく変えた。

「あの、婦人科検診を受けたいんですけど」

「無料のものと、それに加えてオプションで有料のものもありますけど、どうしますか？」

病院の受付に即答する。

「無料でできる範囲でお願いします」

検診前に問診票でいろいろな質問事項に記入したように思うけど、細かくは覚えていない。検診自体も、血液を取ったり血圧を測ったり、よくあるものだった。診察台の上で足を開いて行う検診も、子どもを産んでいるので経験済みだから、ちょっといやだけど力を抜いていればすぐ終わった。

「ついでに、子宮頸《けい》がんの検査用に細胞も取っておきましたからね」

先生にそう告げられたことだけ、なぜか覚えている。

妊婦中はこの検査をしたことがなかった。だから聞きなれない言葉として覚えていたのか、それともあの「声」の知らせの続きだったのか。

「結果は一週間後です。また来週来てください」

そう言われたことさえ、家に帰るともう頭の中にはほとんど残っていなかった。

子宮は確実に取らないといけません……

一週間もたっていなかったと思う。

チカチカと激しく点滅するランプ。

買物から帰ってくると、留守番電話にメッセージが残っていた。どうやら病院からの連絡のようだ。

「検査の結果についてお話ししたいので、至急お電話ください」

おかしい……。

五回も六回も、「お電話ください」が繰り返されている。

検査の結果がもう出たのかな。でも、電話で教えてくれるものなのか。

何を急いでいるのか不思議に思っていただけで、私はのんきだった。とりあえず、スーパーの袋を置いて、電話をかけてみた。

「先日検診を受けた松田ですけど、お電話いただきました？」

「あ、松田さんですか、先生に変わりますね！」

ほとんど待たされずに早口の女性から先生に切り替わった。

「非常に言いにくいんですが……」電話の向こうで、前置きもなく先生が言う。

「松田さん、子宮頸がんです」

「子宮頸がん？」

受話器を持った私は、「ポカン」としていた。

「命にかかわります。子宮は、確実に取らないといけません」

先生の思わぬ言葉が次々と受話器から溢れてくる。

子宮頸がんって子宮のがん？

子宮を取る？

言葉としてはわかる……けど、「がん」という言葉が自分に言われている言葉と思えず、意味がわからない。

私、どこも悪くないし、体調が悪くて病院へ行ったわけでもないのに。私ががんなわけない。そもそも、こんな大事なことを、電話で告知するのだろうか。本人に、いきなり言うものだろうか。家族が本人には知らせないでくれと隠したり、遠まわしに宣告されるのが「がん」のイメージだった。

しかし、先生は矢継ぎ早にいろんなことを私に伝える。

先日の細胞検査の結果、細胞のクラスが「Ⅳ期」で、間違いなくがんの段階にあること、その状態なのでほかに転移している可能性もあること、年齢が若いので進行が速いから一刻も早く大きな病院で精密検査を受け、手術したほうがいいこと。

そしてもう一度言った。

「早くしないと命にかかわりますから」

「……………」

痛いほど受話器を握りしめながら、先生の話を夢の中の出来事のように聞いていた。どうやって電話を切ったのだろう。

しばらく、動けなかった。どうしよう、どうしようと頭は回転しているのに、身体が動かない。頭の中が真っ白くなって、肌寒かった。

そうだ、夫に知らせなければ！

番号を押す手が震える。

夢だ、これはきっと夢だ。

「はい」

夫が電話に出た。

私は医師に言われたことをゆっくりと夫に告げた。まだ、夢のような気がしていた。

「あんね、このまえ検査したやん。いま病院の先生に電話で言われたんやけど……」

そこまで言って絶句してしまった。自分で「がん」という言葉を口にするのがとたんに恐ろしくてたまらなくなった。

心が折れそうになって、言葉もうまく出てこない。

『がん』……やって。子宮頸がん」

言ってしまったあとは涙がとめどなく流れてきた。


仕事中だった夫はいままでにないくらい急いで帰ってきてくれた。

「わあぁぁぁぁぁぁ――」

私の声を聞いた夫も涙でぐちゃぐちゃの顔をしていた。

家に向かって飛ばしている車の中で泣いていたに違いない。

私たちは抱き合って泣いた。

かける言葉は、お互いひと言も出てこなかった。

がんという言葉はまるで、「おまえは死ぬ」という言葉

「子宮頸がん」

「すぐ手術しなければ、命も危ない」

「若いので進行が速いから、転移している可能性も」

「もちろん、子宮は取る」

そんな先生の電話の言葉が私の頭のなかでいつまでもグルグル回っていた。夫と何を話したか覚えてもいない。

「がん」という短い言葉を通して「おまえは死ぬ」と言われているように聞こえた。それは夫も同じだったみたい。そしておかしいけれど、病気を宣告された私より、夫のほうがはるかにショックを受けている。

白々とした朝の光が窓から差し込んできた。

「俺、今日少し遅れて行くわ」

青い顔をした夫は布団にもぐってしまった。

身体中の細胞から水分が抜け出すほど泣いて、でもまだ気持ちだけが落ち着かない。

「ママー」

目覚めた娘を抱きしめて、肌のにおいとやわらかい身体の感触を感じると、また新しい恐怖が私を包んだ。

こんなに小さい娘がいるのに、どうして「いま」……。

まだ、これから幼稚園に入れて、小学校の赤いランドセルを買って、少し気が早いけど成人式には振り袖を作ってやって。そんなふうに当然流れていくはずだった家族のごく当たり前の幸せが、私たちにはもうやってこないというのか。

娘をきつく抱きしめる。

私が死んでしまったら、誰《だれ》がこの子の面倒をみるのか。

「ママ?」

娘は、私の涙を不思議そうに見つめる。

「そうだ、ごはんね、ごはん作らなくちゃね」

ぼおっとした頭をしていても、不思議なもので身体は娘のために動き出す。

いつものように支度をして朝ごはんを食べよう。昨日と同じように過ごしてみれば、あんな電話は夢だったのだということに、なるかもしれない。

私以上にショックを受ける、夫と母と弟と

夫のほかに、もうひとり、私は病気を告げなければいけない家族がいた。実家の母である。

すごく気が進まなかった。娘の私が「がん」だと知ったら間違いなく取り乱すだろう。すでに夫が、私以上に気落ちしてげっそりしている。食欲もなくよく眠れないそうだ。これではどっちが病人かわからない。母がそれ以上に混乱したり、まいってしまったらと、その後のフォローを考えると想像しただけで気が滅入る。

たぶん、私と母の関係は、普通の母と娘の関係とは違う。母が倒れたりしたらどう

しよう、気持ちの弱い母を守ってやらなければ、というまるで自分のほうが保護者のような関係だった。

「お母さん、私ががんだって知ったら、そのショックでどうにかなってしまう」

普通の母と娘だったら、こんなとき、娘はお母さんに病気を打ち明けたあと、一緒に泣くのだろうか。自分の恐怖を訴えて慰めてもらう、そんなことができる人もいるだろう。うらやましいような気もするけど、私にとって母の前で自分が泣くことは何よりも難しかった。むしろ「がん」と告げて、母に泣かれたりしたらたまらない。会って話すのではなく電話で済ませよう。


「お母さん、わたし、がんやねんて」


母がなんと言うか、緊張していた私は、逆に普通のことを話すように、平静な声を装って言った。

結局、母がなんと言ったかは覚えていない。しかし間違いなく驚いていた。元気な母を患者の私が慰めるのもこっけいだが、自分が言った言葉は覚えている。

「でも、大丈夫。手術するけど、生きて帰ってくるから」

本当に、生きて帰ってこようと自分に言い聞かせていた。そして、母を絶対に心配させられない。

「死ぬわけないから」

気丈な言葉をあえて言った。

「死ねへんから、大丈夫。手術にも来なくていいから」

実際、その後、母からがんの話を聞いたすぐ下の弟がショックで過呼吸になり、病院の精神科に入院することになってしまった。そして私の入院中も、母はずっと弟についていなければならなくなった。

年間三五〇〇人が命を落とす病気とは

ここで、子宮頸がんについて、少し説明しておこうと思う。

子宮がんには、体部という、赤ちゃんが宿る部分にできる子宮体がんと、子宮の入口付近にできる子宮頸がんがある。乳がんと同じように女性特有のがんで、私のかかった子宮頸がんは日本では一年間で一万五〇〇〇人が「罹患《りかん》」し、三五〇〇人もの人が命を落としているそうだ。

子宮頸がんのほとんどはＨＰＶ（ヒトパピローマウィルス）の感染によって引き起こされる。これは非常にありふれたウィルスで、性行為の経験があれば八割の女性が一度は感染したことがあると言われている。感染しても、全部が発症するわけではなく、九割は免疫が働いて自然消滅するという。ということは、女性なら誰もがかかる可能性がある病気だ。

ただし、子宮頸がんはワクチンの接種と検診で予防が期待できるようになった。日本でも二〇〇九年からワクチンが承認されて、新聞などでも多く取り上げられた。タレントで国会議員の三原じゅん子さん、女優の原千晶さんなどの有名人が語る子宮頸がん体験を耳にした方もいるかもしれない。歌手ではＺＡＲＤのボーカル・故坂井泉水さんがこの病気にかかっている。

ちなみに初期にはほとんど自覚症状はない。

確かに私には腰の痛みがあったけれど、ほかにはまったく思い当たる兆候はなかった。不正出血がある人もいるそうだけど、多くは症状がとくに出ないまま進行しているため見つかるのは婦人科検診だ。初期であれば、子宮を残す手術の選択もできる。だけど中には、妊婦健診のときに発見される人もいるらしい。

二〇〇二年六月、がんを告げられた当時、私は「子宮頸がん」という言葉も知らないほど、まったく知識がなかった。

そもそも、妊婦時代には子宮がん検診をしていなかった。

まったく知識がない上に、思いもよらない電話での突然の告知。激しく否定したあとに、やっとがんである事実を受け入れることで精いっぱい。石切生喜《いしきりせいき》病院で精密検査を受けてから入院までの間、自分の病気について本を読んだり、インターネットで調べたりという積極的な行動をまったくしなかったのは、知らないことを受け入れるだけでいっぱいいっぱいになると頭が判断したからだと思う。

短い時間の中で膨大な情報と究極の選択を迫られる……それが「がん」という病気の恐ろしい特徴だと思う。

病気について細かく知ってしまったらますます怖くなって、手術さえ受け入れられないような気がした。

「精密検査の結果が出たら、それを受け入れよう。山本先生は名医だというお話しだから、あとはすべてお任せしよう。手術は私がするんじゃない、私は手術を受けるだけなのだから」

すべてをまず、受け入れて、そして結果は私が受け止めよう。

こう言うと、かっこよく聞こえるかもしれない。別の言葉で言えば、「お願いします、なんでもします、怖いことはもう考えたくありません。信じていますからどうぞ助けてください」という気持ちだった。

きれいな「おなか」との別れ

CT、エコー、MRIを使った検査の結果は「限りなくⅡ期に近いIb期の子宮頸がん」というもの。

Ibというのは、先生の説明では「明らかな病巣が子宮頸部に限局している」段階。

Ⅱ期になると、「子宮頸部を超えて周囲に広がっている段階」。私のがんはかなり大きなものになっていた。また、三一歳の私は、年齢的にがんの増殖するスピードも速い。子宮を取るのは避けられないという診断が繰り返された。

私が発病した当時の子宮頸がんの五年生存率はⅠ期で八二パーセント。Ⅱ期で六三パーセント（日本産婦人科協会二〇〇一年）。

「まだ若いから、あなたの年齢では、治療が遅れれば生存率はフィフティ・フィフティまで下がります」

先生の言うフィフティ・フィフティが本当なら、五年後に生きている確率は五〇パーセント。多いように聞こえるかもしれないけど、コインの裏か表か、それだけで運命が決まるのはずいぶんと低い数字ではないか。

「次は男の子がいいね」

娘が一歳半だったから、そろそろ兄弟をつくってやりたいと夫と話していた矢先だった。でも、もう子どもは産めないんだ。

しかし、子宮を取りたくないとか、女として抵抗があるとか、そんな悠長なことを言っていられなかった。私にはとにかく残された時間が少ないのだ。

先生に言われたことでゾッとしたのは、この腫瘍の大きさでいえばおそらく妊娠中もすでにがんはあったのだろうということ。

大阪では三〇歳からはいろいろな検診が強制になるのだが、私は二九歳ぎりぎりで出産しているため、検査が任意で、子宮頸がん発見の機会からこぼれ落ちてしまっていたのだろう。

「妊娠中にがんが見つかっていたら、この大きさだから、たぶん医者は出産に反対したでしょうね。あなたを救うために」と先生。

そうか、もしもっと早くがんがわかっていたら、私の身体を助けるために、娘は生まれてこなかったのかもしれない……。

そう思うと、不幸中の幸いだ。


せっかく母が五体満足に産んでくれた、いままで何の傷跡もなかったきれいなおなか。すごい傷跡になるんだろうな、おへその下から切られちゃうんだろうな。そう思うと悲しくなって、入院前に夫に言ったことを覚えている。

「きれいなおなか、最後やからよくみとってな」

夫は黙って寄りそっていてくれた。

手術前夜の一〇枚のサイン

まるで旅行に行くみたいにボストンバッグにいろいろ荷物を詰めた。

手術の前日になり、入院をすることになったから。

平静な気持ちを少し取り戻しての入院だったけれど、夜、回診に来た若い先生の言葉でそんな気持ちはすぐに吹き飛んだ。

「もしかして、肺や肝臓にも転移があるかもしれません」

私はあっけにとられて、そして頭に血が上った。

確かに「全部正直に言ってください」とはお願いしたものの、なぜこの「前夜」というタイミングで言うのか。正直、腹が立って仕方がなかった。そしてリアルで恐ろしくもあった。

私、本当に死ぬかもしれないんだ……。

その思いが強くなったのは、先生が持ってきた手術のための同意書に、何枚も何枚もサインをさせられたとき。

「患者の意志で手術をするから、責任は病院にはない」と念を押されている。もちろん、どんな手術のときにも書くものなのかもしれない。しかし「がん」の自分にとっては、死が自分の隣のベッドに寝ているぐらい身近なことなのだ。一〇枚ぐらいいあっただろうか。こんなにたくさん、「死んでも文句を言いません」というサインをさせられたら、怒り出す人もいるだろう。

私も内心そう思っていたけど、黙々とサインした。

生きてやる、という戦いを挑むような気持ちがにょきにょきと出てきた。

「手術前だと、眠れない人もいるんですが、睡眠薬いりますか？」

いつもよりはっきりとした声で私は答える。

「いりません」

思ったより、私は落ち着いている。

陸上部だった過去の経験から言えば一パーセントでも負ける、と思った競技には絶対に負ける。勝つためには、悪い予想は、たとえ一パーセントでもしてはいけない。

だってぜったい、生きて帰るんだから。

聞こえなかった三回目の「松田さん」

手術の朝を迎えて、私は落ち着いていた。

幼い娘ががんでなくてよかった。夫ががんでなくてよかった。私より気の弱い弟や、母ががんにかからなくてよかった。私なら耐えられる、乗り越えられる。

そんなことばかり考えていた。

「お願いだから、どうぞ娘の幼稚園の制服姿が見られるよう、この命を延ばしてください。そしてもし、命が助かったら、人のために生きていきますから！」

何か目に見えないものに誓っていた。

生きたい！

そして、いよいよ手術の準備がはじまった。麻酔を点滴に入れるのだが、とても強いのだろうか、驚くほどすぐ効く。

「これから名前を三回呼びますよ。呼んだら『はい』って返事してくださいね」

そう先生に言われてうなずく。

「松田さん」

「はい」

「松田さん」

「はい…」

パチーン、と誰かが電気を消したようにまったく記憶がない。

三回目の「松田さん」は聞こえなかった。

手術の間中は、繰り返し夫の夢を見ていたように思う。夢の中で夫が苦しんでいて、私がそれをなぐさめるように話しかけている。生死をかけた手術の最中でさえ、夢の中で人の面倒を見ているなんて――いま思えば私らしい。

あったかくて、ふわふわと気持ちよく浮かんでいるような感じだった。

がんの手術で必要なのは気持ちの整理。どれだけ「自分でいられるか」だと思う。

実際の痛みが苦しいんじゃなくて、望んだ人生が絶たれることが何よりも苦しく自分自身に迫ってくる。その意味で、私の場合、「整理はできた」と思っていた。

でも、手術の麻酔から覚めたときから、心の苦しみを超えるほどの、「身体の地獄」がはじまったのだった。

気づけば全身「管まみれ」

「なにこれ?」

ベッドの上でぼんやりと意識を取り戻すと、まったく身体の自由がきかない。もちろん手術後の痛みで動けないこともあるが、驚いたのは「全身管まみれ」になっていたことだ。

鼻につながれた管。

両腕に突き刺さっている点滴……、輸血もしていたのか。

自分の下半身にもなにか管がつながれている。そして背中。何本もの管につながれている。映画の中でしかありえないような、恐ろしい光景だ。

百歩譲って「全身管まみれ」で動けないのはいいとして、とにかく痛いし、苦しい。

そしてのどがやたら渇く。

どこが痛いというより全身が痛みのもとになっている。その中でも傷口になっているだろう子宮のあたり、下半身のあたりから大きな針で何度も何度も刺されているかのような、全身を貫く痛みが私を責めさいなんだ。覚めきらない麻酔でまた気が遠くなる。

「ううぅぅ、うううぅぅぅぅ……」

なんか唸《うな》り声がするなあと、うつらうつらした意識で聞いていたら、じつは自分が出している声だった。

声を出している意識もないのに、痛みのあまり声が出るなんて。「地獄界」というものがあるならば、私がいま苦しんでいる場所は、人間界ではなく間違いなく地獄界だ。

麻酔は覚めていく途中が気持ち悪い。

だんだん意識がはっきりしてくると、体がどんどん痛くなる。内臓が燃えているようで、とにかく生き地獄だ。

痛み止めの座薬を入れられた。

次はのどが渇く。

砂漠の中をさまよっているように、水が飲みたくてたまらない。

み、水……。

声に出して言いたいのに、うまく口が回らない。夜中に見回りに来てくれた看護師さんに一生懸命訴えていたはずだけど、どうやら声は出ていなくて、気づいてもらうことすらなかった。

手術は四時間半かかったとあとから聞いた。

その手術が成功したのかどうかよりも、このおどろおどろしい「管まみれ姿」を早く終わりにしてほしい、それだけが手術後の願いだった。

おむつを交換して「泣く」気持ち

まだ手も足も動かせない翌日、驚くことを発見した。下半身につながれた管は私の尿道、そして膣《ちつ》に通してあるのだ。縫いつけてあるみたいだった。おしっこを出す管と、子宮を取ったあとの血を出す管。しだいに体の感覚が戻ってくると、痛さと恥ずかしさで先生に訴えた。

「先生これ、どうにかならないんですか。痛いし、抜いてください」

敏感な部分をえぐる膣の管のほうが、耐えられない痛みだった。それに自分で気がついてしまうと、見てしまったことでよけい痛さが倍増して「イタイ」って口を横に開いて声を出してしまう。

「もうちょっと待ちましょう。これをしないと、身体の中に血がたまってしまうから」

もうちょっと、どころか一秒も待てない……。とても耐えられない……。

背中の管からは痛み止めを注入している。自分で注射器のような手もとのポンプを押すと、ウィーンと作動して痛み止めが管へ入ってくる。

健康なときは、自分は「痛みには強い」と思っていたのに、拷問か、と思うようなさまざまな種類の耐えがたい痛みが私に襲いかかってきていた。

そんなときは看護師さんが本当に天使に見える。

そして、排せつでもまた看護師さんの偉大さを実感することに。

尿の管はついていても、大きいほうはおむつにしなければならなくて、これがとてもいやだった。

いままで何でも自分でちゃんとやってきたつもりの私は、自尊心をめちゃくちゃにされたようにひどく心が傷つけられた。しかし、看護師さんたちは淡々と、「プロ」として私の排せつを手伝ってくれる。いやだとか、気持ち悪いとか、そんなそぶりはみじんもない。

それがまたみじめに思えた。

自分でできないときは、人の手を借りなければならないことがあるんだ——。

寝たきりの時間に思い出したのは老人介護の現場で、おむつを交換してもらう老人が泣くという話。このことだったのか……。自分の下半身の始末をしてもらうのが、恥ずかしいのと申し訳ないのとでごちゃまぜになる気持ち。

無力な自分が悲しくて、それ以上に情けなかった。

誰かぁ、尿タンクにカバーしてあげて！

身体を起こすことができるようになってからは、ひたすら「おしっこ」を絞り出す練習をした。

起き上がれるようになったらなったで、また大変。

腹筋の筋力が衰えて戻っていないので、電動ベッドを使いながらそろそろと上半身を起こすだけでもひと苦労になる。やっと起き上がれるようになってからも、私は必死だった。早く良くなりたい。

手術が終わってから、おしっこを出す感覚が戻ってこないとずっと入院させられるという話をどこかで聞きかじっていた。

「そんなことしなくていいんですよ」

看護師さんには止められていた。ときどき出血したりすることがあるという。それでも、ひそかに私は何度も腹圧をかける。

私は何をそんなに焦っていたのだろう……。病人なのに、病人と思っていなかった。もしかしたらそう思いたくなかったのかもしれない。だけど社会の目も過剰に気になって仕方がなかった。それも「がん」という病気の「症状」だったように思う。「がん患者」というだけで帯びる悲哀が胸に何度も突き刺さっていた。

一週間くらいたってからだろうか。

「早く立ちたい！」

そう私が訴えると看護師さんには、

「まだ早すぎる。手術で一リットル以上出血しているから、貧血で倒れるよ！」

と、止められた。私はどうしても自分で、自分の足でトイレに行きたかったので、そろそろと起き上がり、床に足をつけてみた。しかし、一歩足を踏み出した瞬間、何もない空気なのに上からすごい圧で押さえつけられている感じがして、ものすごい耳鳴りに襲われた。目の前は真っ暗になり、どっと倒れた。

「トイレにひとりで行きたい！　行きたいだけなのに……」

身体をぶつけた痛みもあって半泣きになりながら、看護師さんの前で子どものように訴えていた。看護師さんはまるで私をあやすかのように振る舞う。

「大丈夫、もうすぐひとりで立てるから。本当に、すぐだから」

そう言って私に手を貸してくれた。

いままで、当たり前にしてきたことがなにもできない。努力してもできない。それを認めるのがつらかった。

でも目の前には、そんなみじめな気持ちの私に手を差し伸ばしてくれる看護師さんがいる。みじめだろうと何だろうといま、その彼女の手を借りて、まず立たなければいけないのだ。

数日して、先生の診察室まで行くことになり、初めて廊下を歩いた。

といっても尿のタンクと点滴をぶら下げてガラガラ、と引きながら行くのだけど、なかなかたどり着かない。休み休み、立ち止まり、立ち止まりしながらだから、時間がかかる。健康な人にはなんでもない距離が果てしなく長い。

ぜいぜい息を切らしながら、やっとたどり着いた診察室での先生の言葉は忘れられない。

「先生、こんにちは」

「誰かぁ、松田さんのにカバーしてやって」

指は尿のタンクを差していた。

手術後の患者さんは尿のタンクを隠すカバーとして布などをかぶせるのに、私はそんな考えがまったくなかったのだ。青い顔で、おしっこの「ちゃっぽん、ちゃっぽん」と揺れるタンクを引きずり、気がつけば髪振り乱し、胸もはだけんばかりの格好になっていた。

自分を振り返る余裕もない必死さが、先生にはとても憐れに見えたのだろう。

「私は病人なんだなあ」

おかしいけれど、手術を受けたあとになって、そして先生のそんな同情するようなまなざしを受けて、自分が病人であることを初めて自覚していた。

銀色のバットに浮かぶ、白子のようながんの塊

がんの病巣は、かなり大きかった。

「もしかしたら……転移しているかもしれない」

手術前に、レントゲンに白く映る大きな塊を見せられていたし、前日にも「転移しているかもしれません」とダメ押しをされていたので覚悟はしていた。

でも、幸い転移はなかった。病理検査でもリンパ節への転移は認められなかった。奇跡的なことだったようだ。そして先生の判断で、卵巣は残してもらえた。これは本当にありがたいことだった。

子宮と一緒に卵巣を取られてもおかしくない状態だったけれど、先生は「あなたの若さにかけましょう」という判断をして残してくれたのだった。

もし、卵巣を取ってしまうと、女性ホルモンの分泌が欠乏するので、人によっては更年期のような症状が格段に早まる。汗がむやみやたらと出たり、のぼせたりする「ホットフラッシュ」という症状に悩まされる人も多いという。

夫にその話を聞いたのは退院してずいぶんたってから、お寿司《すし》屋さんに行ったときのことだ。

「うっ、ごめん、食べられへん」

出てきた白子を見て、夫が言う。

「なんで？」

「陽子のがん、見たときこんな感じやった」

夫は手術後、摘出された私のがんの病巣と、切り取られた子宮を見ている。銀色のバットの中に浮かぶ血の塊と、ぐちゃぐちゃどろどろした不気味な塊だったそうだ。がんは、焼き肉屋のメニューで見る内臓のような、魚の白子のようなものだったらしい。

切り取られたがんの塊を見ていないのに、とたんにその白子のぐちゃぐちゃが私にも吐き気をもよおさせた。

「子宮を、取られちゃったんだな……」

手術直後は身体の痛みがひどすぎて、すっかり魂を抜かれている。心の痛みとしてセンチメンタルな感情が湧《わ》いてくるのは、少しずつ身体が戻ってきてからだった。

喪失感が全然ないというとうそになるけど、娘がいることを考えるとまだ幸せだ。

そう考えようと自分に何度も言い聞かせる私がいた。

早く娘に会いたいよ。

「ママのところに生まれてきてくれて、ありがとう」

ギューッと抱きしめて、そう伝えたいよ。

一泊二日で決死の「ドリカムコンサート」

夫は、毎日顔を見せてくれた。ただ、私のことを一〇〇パーセント心配してのことかというと、ちょっと違う。

「家におると、陽子が死んでまう夢ばかり見るから、寝られへん」

そう言って、私の枕元に来て、安心してグーグー眠って帰っていく。

そんな夫と入院中にドリカムのコンサートに行ったというと、驚くより、あきれられるかもしれない。

夫がドリカムの大ファンで、四年に一回のコンサートだった。私が先生に無理やりお願いして外泊許可をもらったのだ。手術して二週間過ぎていたかどうか。予後はよく、順調に回復していたとはいえかなり無茶な話だったようだ。

手術の前夜に「肺や腎臓にも転移しているかもしれません」と突然言い出して、思いっきり私をムッとさせた先生。しかし、年もそんなに離れていなかったので手術のあとはしだいに仲良くなり、「先生、私、死なないよね?」などと素直にいろいろ聞けた。そんな経緯で、言い出したら聞かない私の性格がわかったのだろう。外泊許可を出してくれたのだ。

しかし、大変だった。

夫が外出できるようなきれいな洋服をうちから持ってきてくれて、パジャマから着替えてタクシーで新大阪駅まで行き、新幹線で名古屋まで向かった。ところが、当然と言えば当然なのだけど、なにしろベッドに寝たきりで過ごしていた期間が長かったから、筋力は衰えているし、ふらふらして何度も倒れるかと思った。

コンサートだって、騒音の真っただ中にいてひたすら終わるのを待って耐えている状態だった。一泊して帰ってきたときにはへろへろになっていた。

そんな無理までしてコンサートに行きたかったわけ。

夫の望むようにしてあげたいという気持ち。しかし、それ以上に「私は大丈夫、元気だ」と確かめたかった。

病気も何もなかったころの私に、これで戻れるんだ、と確認したかった。

初めて涙を流した日

手術後しばらくは個室で過ごし、トイレもひとりで行けるぐらいに回復してくると六人の大部屋に移ることになる。だいぶ上の年齢のおばちゃんたちに囲まれて、一番若い私は娘のようだった。みな婦人科系のがんや似たような病気と闘っていた。

その中で、山下さんというおばちゃんと仲良くなった。乳がんを患い、もう手術はできないそうで、抗がん剤治療をしていた。

私と山下のおばちゃんは窓側のベッドで向かい合わせの位置にいた。

「おはよう、おばちゃん。今日も生きてる?」

「生きとるよ。今日も晴れやな」

「ほんま、暑そうやな」

起きたらお天気の具合を見て、「生きてる?」「あんたも生きてる?」と挨拶しあうのが私たちの日課だった。

私が寝坊している日は「陽子ちゃーん、起きーや。おばちゃんが陽子ちゃんのごはん食べてまうで」と、笑いながら起こしてくれる。

窓側のベッドは、とくに眺めがよくなくても病室の中では特等席。晴れたり、曇ったり、そして雨の日だって、外気の様子が伝わってくるのがうれしい。もう七月に入っていて、空調の効いた病室から見ると窓の外は毎日暑そうだった。

私の母よりも年上なのだが、おばちゃんとはとても通じあうものがあった。病気のつらさを話すことはあっても、愚痴めいたことを決して言わない、そんなすてきな人だった。

「手術ができない状態になるまで、なんでわからんかったん？」

そう聞いた私に、

「うすうす、どこか病気なのはわかってたんやけど、仕事も忙しかったし」

と穏やかに微笑《ほほえ》んでいた。

「後悔のない人生を送ってきたからいいんや。でも、孫の成長は一日でも長く見てたいから、がんばらなあかんな」

そうは言っても抗がん剤治療の日は、ひどくつらいのが目にみえてわかる。薬は点滴に入っているのだけれど、起き上がれず、ずーっと横になって点滴を受けている。

「おばちゃん、もうすぐごはんになるよ」

「今日はあかんな、食べられへん」

口数少なく、そう言うこともあった。

「おばちゃん、がんばりや。一緒に乗り越えよ！」

病気と闘う同志として、おばちゃんとはいつも、励ましあっていた。


大学時代の友達から手紙が届いたのはちょうどそのころの話。

分厚い封筒を開くと、写真を張り合わせてアルバムにしたものが出てきた。

みんなでフィジー旅行に行ったときの写真、飲み会のときの写真、とくに何の記念でもなく撮った写真……。

友達に囲まれて笑っている私の写真がたくさん入っていた。


「みんな、陽子が元気で戻ってくるのを待ってるよ」


懐かしい友達の筆跡で手紙の最後は結ばれていた。

気丈に振る舞っていた私の心が、どんどん溶けて感傷的になっていくのがわかる。

写真の中でキラキラと輝いている自分の若さと元気がまぶしかった。

——手術をしてから、私は初めてぽろぽろ泣いた。

山下のおばちゃん

子宮頸がんは、内臓系の病気と違って、ごはんは割とすぐ食べられるようになる。食欲が出るかどうかは人それぞれだろうけど、私は食事ができるようになるまで時間はかからなかった。そして大部屋に移ってからは、食堂でごはんを食べるのが何よりの楽しみになっていた。

入院患者にとって、自分の病室以外に出かける場所があるというのは、大きな気晴らしになる。


「おはよう」

「今日もごはんおいしいな」

「おいしく食べられて幸せやな」

「お母さんが海苔《のり》持ってきてくれたんやけど、食べる?」

たわいもないやり取りかもしれないけど、ほんの少しの会話ができる食堂は、私にとって「変化した自分」を発見した大切な場所だった。

自分が相手に投げかけた、ほんのちっちゃな言葉が相手の力になる。相手が元気になってくれることで、また自分も励まされる。まだ自分のこともすべてできない入院患者だけど、話しかけることはできるし、それが食事の楽しさに役立っているならすごくうれしい。


「今日山下さん来てへんの？」

「いま抗がん剤治療で起きられへんのよ」

「ほんま……、つらいな」

「みんな闘ってんねんな」

「ごはんが食べられるだけでも、ありがたいな」


入院してつらい思いをした人なら誰でも思い当たる共感と、なんでもない会話が運ぶちっちゃな幸せ。

手術直後のつらい時期を考えたら、普通に歩いてごはんを食べに食堂に来られるだけで、十二分に幸せに思える。つらいこと、苦しいことが多い入院生活の中でいま、この瞬間一緒に笑いあえることも。

「私、大腸がんで。抗がん剤はもう効かないんよ」

そう言って亡くなっていく人もいた。

しかし、その食堂にいるときだけは、みんな笑っていた。

そんないつものようなひとときを食堂で過ごしたある日のこと。

部屋に戻ろうとした私の目に飛び込んできたのは、山下のおばちゃんの姿だった。

薄暗い廊下で、点滴のポールに寄りかかるようにしてやっとのことで身体を支えながら立っている。

「おばちゃん、どうしたん!?」

びっくりして私は大きな声を出した。抗がん剤治療の最中で、起き上がれないくらいしんどいはずなのに……。

「あんたが遅いから、なんかあったのかと思って心配で」

おばちゃんは私の顔を見ながらそれだけ言って、ふらーっと倒れそうになった。あわてておばちゃんの身体を支えた。

食堂でおしゃべりに夢中になっていただけの、ピンピンして元気な私。

なのに、おばちゃんは私を心配してくれていた。

抗がん剤治療の最中で、だるさやめまいに襲われる、それこそ死にそうにつらい状態なのに、帰ってこない私を「何かあったのでは？」と心配してくれる優しさ。そして、実際に起き上がって私が戻ってくるのを廊下で待っていてくれたのだ。

すごく、胸がいっぱいになった。

「ありがとう、おばちゃん」

どんなにつらい状態に自分がいても、ほかの人を思いやれる人はいるのだ。これまで私はひとりで生きているつもりだった。「がん」の手術を受けるときでさえ、私は母の手も夫の手も借りずに「ひとり」で生きてきた。

そんな私が、初めて「人に支えられて生きている」——そう思わせてくれる出来事だった。

「TVカード」を受け取ってくれない優しさ

排尿後に計る体内の残尿の量も順調にクリアし、手術の傷の痛みも徐々に薄らいできた。体力も順調に回復して、手術から一ヵ月足らずで私は退院できることになった。本当に幸いなことに、手術前夜に告げられて絶望的な気持ちになったがんの転移もなかった。

「手術後ひと月もしないでの退院はとても早いほうですよ」

山本先生はそう言って私の回復を驚き、退院を許可してくれた。私自身に体力があったのか、「ひとり排尿リハビリ」が効いたのか、少なくとも若さが同室のおばちゃんたちよりも際立った回復を見せた理由のひとつであるのは間違いなかった。

もうすぐ、娘に会える……。

この間ずっと会うのをがまんして、連れてこさせなかった。「帰りたくない、ママといる」と泣かれてもかわいそうだったし、なにより顔を見てしまったら私がくじけそうだったから。

生き残ったことを、ありがたく感謝しよう。

病院の中で、何もできない自分に出会い、いろいろな人の手を借りて、なんとか退院できる。これからまた娘と夫のもとに戻って、これまで通り楽しく暮らしていこう。

そんな気分で退院の荷造りをしていたときのことだ。TVを見るために購入するプリペイドカードの度数がたくさん余っていたので、私は右隣のベッドのおばちゃんに声をかけた。

「私、退院するから、これあげるわ」

「あんた、そんなん、あげんでええよ。どうせ、すぐ戻ってくるんやから」

はっ、として私はおばちゃんの顔をまじまじと見た。

えっ、どういうこと……。

一瞬、時が止まったような気がした。おばちゃんはずっと真顔で私を見つめる。悪意で言っている様子ではない。

「あんたは若いし、再発して戻ってくる」

おばちゃんは口に出してそう言ったわけではないが、間違いなく、それはそういう意味だ。

若いほど、がんの進行が速いし、若いほど再発の可能性はある。

……いやな汗が流れる。

がんは切ったら終わり、退院したら終わりではない病気だ。

親や夫のような病気をしていない家族が聞いたらそんな言葉にきっと怒るだろう。

でも、闘病者として、私にはおばちゃんの気持ちがわかるところもあった。一緒に食堂でごはんを食べていた人が亡くなり、励ましあっていた同じ部屋の仲間が死んでいく、それがごく当たり前の「日常」だった——。

もちろん、自分だっていつそうなるかわからない。そういうギリギリのところで私たちは病気と闘っている。

これこそがんと闘う人の「純粋な優しさ」だった。

「そうやね。なるべく戻ってこんほうがいいけどね」

私は静かに隣のベッドのおばちゃんに言った。

「いいわ、いったんあげとくからもらっといて」

そう言ってTVカードをそっとおばちゃんの掌《てのひら》に押しつけた。

松田陽子　初ライブアルバム

『Keep Dreamin'』

幾多の苦難を克服し、前向きに歌い続けているシンガーソングライター・松田陽子の
2010年9月10日に行われた、東京での初ワンマンライブを収録。
一流ミュージシャンが脇を固め、六本木STB139のステージに立った記念すべき音源。
夢を追い続け、前に向かう力強さが印象に残る必聴盤！

1 桜が散る前に
2 Lullaby of lullaby
3 大地
4 生きとし生きるものすべて
5 心に花を
6 Youth
7 Tell me something
8 STILL
9 生命～いのち～
10 光
11 Everlasting
12 母さん
13 One Planet
14 笑っていて

全14曲収録
￥2,500.(税込)
4月20日発売
TKM―2301
発売元ThreeknowmanRECORDS

全国のTOWER RECORDS、TOWER RECORDS ONLINE(http://tower.jp)、松田陽子ホームページにて発売！
お問合せ スリーノーマン 03-6447-2023

思えば子宮頸がんと診断されてから退院までたった一カ月。本当にいろいろなことが起こった。

何気なく受けた婦人科検診と思いがけないがんの告知、子宮をすべて手術で摘出。いままで経験したこともないスピードで、私の生活も、身体も変化してしまった。普通の生活を送っていたころには考えたこともないことばかり。そして、あまりの展開の早さに驚くばかりだ。

でも、私は手術を受け、無事に成功し、こうやっていま退院できる。

「おばちゃん、先に出て待ってるね！」

いつも優しく私を見守ってくれていた山下さんのおばちゃんにそう挨拶《あいさつ》して、病室をあとにした。

私はがんも乗り越えたし、これからも乗り越えてみせる！

これからはいままで以上にがんばって、神様に生かしてもらったこの命を大切にして、夫や子どもと楽しい家庭をつくっていこう。

私は、そう決意していた。

――退院したあとに、まさか子宮頸がんの手術以上に苦しく、過酷な日々が私を待ち受けているとは、まったく予想もしていなかった。

第2章

家族を引き裂いた「がん」の痛み

元通りにいかない「元通り」の生活

七月の太陽がじりじりと照りつける。

車の騒音のすごさに思わず耳を塞《ふさ》ぎたくなった。熱気と、ほこりで胸が苦しく、息ができない。そしてそれ以上に道行く人々の殺気立っている姿が、私を呆然《ぼうぜん》とさせた。

「ちょっと。私急いでんねん」

突き飛ばされそうになった。

私がぼおっとして道に立っているのが邪魔らしい。

思わず歩道にしゃがみ込む。

いままで病院の中で安静に、安全に守られてきた私だったけど、ひとたび退院すれば待っているのは容赦ない日常生活だった。

早く退院したい！

病院の中であんなに元気だったのは、自分の身体のこと以外は全部看護師さんはじめ、ほかの人がやってくれたから。自分の身体のことに専念できたから。痛いと訴えれば薬を処方してもらえ、病気の不安にも看護師さんが答えてくれる。文字通り「温室」にいた。そして、同じように病気で闘っている仲間のおばちゃん、おじちゃんたちとつらさを分かち合ってきた。

　でも一歩病院から出たら、特別扱いはされない。

自分の身体の調子を整えながら、「今まで通り」「普通に」家のこと、娘や夫のサポートもしなければならない。

　やっと戻ってきた我が家。

　玄関のドアを開けるとき、懐かしさで胸がいっぱいになった。

「帰ってきた……」

　すっと、鼻の奥のほうで家のにおいを感じる。ずいぶん長いこと、私はここにいなかったみたい。

「ママ！」

　娘がよちよちと、でも精いっぱいの勢いで私の足に飛びついてきた。もう離さない、と言っているようだ。愛《いと》おしさで抱き上げようと腕を伸ばしたけど、腹部に鋭い痛みが走って、思わず顔をゆがめた。

「抱っこは……まだやね……。ママがもっと治ってからね」

娘に言い聞かせながら、しゃがみ込んで不器用に娘をハグする。仕方がない。急には無理だから、少しずつ慣れていかなければ……。

そうやってはじまった「元通り」の生活。しかし、それはちっとも「元通り」ではなかった。その日から、あらゆることがいままでとまったく変わってしまった。

その中でも一番変わったのは私……。

退院後にやってきた「ふたつの崩壊」

がんの恐ろしさとつらさは、むしろ手術が成功し、退院してから訪れる。とても皮肉なことに、「助かった」あと、精神的にも肉体的にも苦しみの「どん底」を見ることとなる。

手術したらすべてが終わるわけではない。

「再発」の可能性があるので、予後の生活の中でも精神的にも肉体的にも不安を感じてしまう。

私の場合はそれに加えて、子どもがいたことがストレスを大きくした――。

娘がいたから手術をがんばれたのも確かだけど、なにしろまだ手のかかる一歳児。看護師さんにすべてをやってもらう生活から一転し、母として娘の世話をする……。気持ちとしてはやってあげたいけれど、まだ無理なことやできないことが多い。

無理をすると身体にすぐ響いた。子宮頸《けい》がんで子宮摘出手術をしたという体験は、娘の大切さをより際立たせてくれたけれど、その娘の世話こそ肉体的な過酷さを伴った。

家事もそうだった。

がんになる前は、家のことは何でもちゃんとやろうと、自分なりに一生懸命。しかし、病気のあとはそれもままならず、一気に自信を失っていった。

そして、夫との関係も、思わぬ方向に変わっていってしまった。

がんのもたらした一番の苦しみ。

それは「家庭の崩壊」と、なにより私自身の「精神の崩壊」だった。

終わらなくて、不安で

検査に行く前日はどうしようもなく心配で眠れなくなる。

「この前大丈夫だったからきっと大丈夫」

「でも、もしかして何かあったらどうしよう」

どうしても心は振り子のように揺れる。

「もし再発したら？」

がんは若い人の場合、「再発」すると致命的だ。

しかも検査の結果が出るまで、一週間待たねばならない。これがまたしんどい。

「手術したら終わり」ではないのががんの恐ろしさのひとつだけど、子宮系のがんの再発は三年以内に起こることが多いと聞かされた。その三年が過ぎるまでは「何かあったら」と、まだまだ気が抜けない。そう思うと一日が長い……、本当に気が遠くなりそうだ。

また子宮頸がんの場合、子宮を取ってしまったいま、もし何かあったら今度は卵巣も取らなければいけないという、女性としての機能にもかかわってくるから不安になる。手術では私の若さにかけるとの判断で、卵巣を残したけど、その結果再発したら、という恐怖は決して消えるものではない。

「五年生存率はフィフティ・フィフティ」

そう言った先生の言葉が頭の中で何度もこだまする。勝ったほうのフィフティにいるつもりの私だけど、結果がわかるのはどんなに早くても五年後。

「がんに勝ったはずだけど、まだ道は半分かもしれない……」

「勝った」はずの強気な気持ちが、なぜか私の不安を生み出していた。いつ「負け」のほうに転落してもおかしくない。振り払えば振り払うほど、そう思えてしまう。

気づかないうちに、どんどん眠れない日が増えていた。

一〇キロメートル地点で「おめでとう」とは言わないで

眠れない夜が重なり、疲れが取れない日々だったけれど、毎日は当たり前のように続いていく。疲労感と寝不足が続いても家事に手を抜けない私は、いま思っても本当に不器用な人間だった。

ひと通り、病気前にやっていたことはやらなければ気が済まない。おなかの傷はまだ「ぐちゃぐちゃ」なのに、文字通り這いつくばって床を拭いたりしていた。

たとえば実家の母が「手術したばっかりで無茶や」と言ってくれていたら。

夫が「そんなんええやん、休んでれば」と言ってくれていれば。

……私は無理をしなかったのだろうか。

いや、きっとそうではないと思う。「家のことはちゃんとしなければ」という思い込みが私の中にあった。

子どもの世話はもちろん一番大変だけど、夫のサポートも娘と同じくらい大変な作業だった。

なにしろ、もともと靴下やパンツを替えるときさえ、私がいつも一式をそろえて出していた。夫が自分ではしないというのも半分、そして私自身も「しゃあないねー」と言いながらも、夫にしてやる充実感があったのも半分。でも退院後はその習慣にさえ苦痛を感じるようになった。

さすがに退院後は、何か手伝ってくれるかと期待していたけど、思い出す限りでは、夫が手伝ってくれたのは、お皿を洗ってくれたことがあったくらい。

仕事柄、職人気質なので、本当は掃除などはじめたら私より徹底的にする人だけど、家では何もしない。帰りも遅く、夕ごはんは娘の寝かしつけのころになるので、娘を寝かせてから夫の夕食を準備しなければならない。


しだいに私はイライラするようになった――。

映画だったら「主人公は死ぬかもしれない病気だった。だが手術して、子宮を摘出するつらい体験をしたが転移もなく、退院できてめでたしめでたし」で終わるのかもしれない。手術が成功すれば、観客は泣いたことも忘れてすっきりして映画館を出ていく。しかし、日常生活は映画じゃない。現実の私は、「退院したら体調は絶好調でがんの不安も何ひとつありません」というわけにはいかない。

しかし、「陽子が死んだらどうしよう」と病院の私の枕元で泣いていた夫は、家に帰ってきたとたんに安心したみたいで、もう「子宮頸がんと闘う妻、それを支える自分」という映画は終わっているようだった。

きっとがんだけじゃないと思うけど、本人の周りは「退院＝治った」という思いを少なからず抱いていることが多くて、それがもとですれ違いが起こることもある。

私は治りきっていない体調と、再発の不安で気持ちが沈んでいるのに、健康だったころと同じような量の家の仕事に追われている。

しだいに夫の態度に違和感が芽生える。

夫と友人たちが私の退院パーティをしてくれる、という話が出たが、私は断った。

「なんで？」

夫は不満そうだった。

郵　便　は　が　き

料金受取人払郵便

新宿北支店承認

9346

差出有効期間
平成25年２月
28日まで
切手を貼らずに
お出しください。

169-8790

154

東京都新宿区
高田馬場2-16-11
高田馬場216ビル５Ｆ

サンマーク出版愛読者係行

ご 住 所	〒　都道府県	
フリガナ		☎
お 名 前		(　　　)
電子メールアドレス		

ご記入されたご住所、お名前、メールアドレスなどは企画の参考、企画用アンケートの依頼、および商品情報の案内の目的にのみ使用するもので、他の目的では使用いたしません。
尚、下記をご希望の方には無料で郵送いたしますので、□欄に✓印を記入し投函して下さい。
□サンマーク出版発行図書目録

ご購読ありがとうございます。今後の出版物の参考とさせていただきますので、下記のアンケートにお答えください。抽選で毎月10名の方にオリジナル図書カード（1,000円分）をお送りします。ご協力をお願いいたします。

なお、お答えいただいたデータは編集資料以外には使用いたしません。

1 お買い求めいただいた本の名。

2 本書をお読みになった感想。

3 今後、サンマーク出版で出してほしい本。

4 最近お買い求めになった書籍のタイトルは？

5 お買い求めになった書店名。

市・区・郡　　　町・村　　　書店

6 本書をお買い求めになった動機は？

・書店で見て　　・人にすすめられて
・新聞広告を見て（朝日・読売・毎日・日経・その他＝　　）
・雑誌広告を見て（掲載誌＝　　）
・その他（　　）

7 下記、ご記入お願いします。

ご職業	1 会社員（業種　　）	2 自営業（業種　　）	
	3 公務員（職種　　）	4 学生（中・高・高専・大・専門・院）	
	5 主婦	6 その他（　　）	
性別	男・女	年齢	歳

ホームページ　http://www.sunmark.co.jp　　ご協力ありがとうございました。

「だって……。ごめん、そんな気になれない」

人と会うのがおっくうだった。

私はまだ治ったかどうかまったくわからない。五年後に、「再発しませんでしたね。おめでとう！」と、言われるならまだしも、いまみんなに「おめでとう！」をしてもらっても、もしかして再発してまた入院するかもしれないのだから……。

そんなことになったら悲しすぎる。

マラソンも走っている最中に一〇キロメートル地点を通過したからといって、まだ走っている選手に「おめでとう」と言う人はいないだろう。

だけど夫はもちろん、誰《だれ》も私の気持ちをわかってくれない。そう思うと、夫にそんな私の気持ちを説明しても無駄なような気がして、その話はおしまいにした。

誰もわかってくれない……。

子宮頸がんを告げられる前には味わったことのない「孤独」という気持ちの中に、ひとりで取り残されているような心持ちだった。

見透かされたDVの過去

そんな私の心の揺れは、しだいに娘に対しても現れはじめた。

自分の身体でいっぱいいっぱいの私には、子どものちょっとした要求や気まぐれが、自分にわざと無理難題を言っているようにしか思えなくなってきた。まだ子どもだから、やることに時間がかかることもある、食事の用意をしても食欲にむらがあったり、食べこぼすことだってある。

当たり前のことなのに、すごくイライラした。

「早くして！」

「ちゃんとして。お願いだからいい子にして！」

「もう、こんなにこぼして。お母さんせっかく用意したのに」

自分の気持ちや体調に余裕があれば、いとしいなと笑ってすませられることでも、それができない。

……決して育てにくい子どもではなかった。

むしろ娘は小さいころから育てやすい子だった。ミルクもよく飲んでくれるし、夜も寝てくれるし、不器用な私にとってはよくできた娘だと思う。

「やっぱり親を選んで生まれてくるんやなー」と、以前は笑っていたぐらいだったのに。娘が急に変わるわけがないから、変わったのは私のほうだ。

娘がヤクルトを飲もうとして銀紙のふたをやぶいていたら、こぼしてしまったときのこと。

「こんなんしたら、あかん！」

鬼のように、怒ってしまった。

怒りの言葉を投げつけたあと、はっとして、自分でも嫌な気持ちが湧《わ》き上がり、「ごめんね」と娘に謝りながらヤクルトのこぼれたあとを拭いた。

怒りの感情をセーブできなくなっていた。

銀行の窓口で少し待たされたときにも、激しくクレームをつけて、係の人に平謝りされたことがあった。ぜんぜん、たいしたことではない。何でそこまで感情が高ぶるのか、自分でもわからなかった。その反面、怒りのあとは深く落ち込む。

まだ身体が思うように戻ってこない。

夜は寝られない。

……再発したらどうしよう。

不安や苦しみ……そんな感情が心の中で渦巻くと、やがて怒りとなって「もっとも弱い存在」の娘に向けてしまう。

娘のためにがんを乗り切って生きていられるのに、どうして私の「生きがい」を私自身が壊さなきゃいけないんだろう……。


「お母さん大変なんやから！　あんたが早く寝ないと。洗い物もせなあかんし、ごはんも作らなあかんし、もう、早くしてホンマに、早く寝て！」

ある夜、思い通りに寝てくれない娘に対して私が大きな声を上げた。帰宅した夫のために夕食の用意もしなければならなくて、とにかくイライラする。ぐずぐずしている娘を捕まえて、ついにパチーン、とお尻を叩《たた》くと、娘が「わっ」と泣き出した。

「うるさい！」

そんな切羽詰まった私と娘のやり取りを、自分は関係ないように知らん顔して眺めていた夫が、ごく何気ない調子で言った。

「陽子も、子どものとき叩かれとったんか?」

——絶句した。

その通りだった。私の父はDV(ドメスティック・バイオレンス)を地でいく父親で、母はしょっちゅう殴られていた。そしてそんな母は、私に手を上げていた。

それだけではない、いまで言ったらネグレクト、母の育児放棄と言われても仕方ないような時間を何度も何度も過ごしてきた。

夫の言葉に反論することもできず、私は立ち尽くしていた。

何も言葉が出てこない。

「……ほんなら、あんたが寝かして」

弱った身体でそう言うのが精いっぱい。

子どものころの記憶と一緒に、どっと、いろいろな思いがあふれてきた。私はますます、家の中の「居場所」を失っているようだった。

「消しゴム」の記憶

「消しゴム」を盗んだときのことをふと思い出した。

深く意識してのことではなかったので、消しゴムを取ったことをクラスメートに言ったら、それが大問題になった。

「これまでに、ものを取ったりしたことがある人は立ちなさい！」

先生が言うと、クラスのほとんどがゾロゾロと立ち上がったのにはびっくりした。

私は小さくなっていた。

家が大変だからその腹いせにとか、そういう気持ちでの行為ではない。魔が差した行いが、ここまで大問題になってしまい居心地が悪かった。

学校に母が呼ばれた。

この事件で母と話して、先生は私の家庭の状況を知ったらしい。消しゴムの件だけでなく、当時受けていたいじめのことも話が出たようだ。

家ではしっかりしていて、弟の面倒も見ているお姉ちゃんである私。

母は父から受ける暴力のやつあたりに私を叩いたりしながらも、まるで自分とそんなに年の違わない妹かなにかのように、私を頼っていたところがあった。そんなふうに私を見ていた母にとっては思いがけないショックな事件だったのだろう。

学校から帰ってくると、母が「手紙」をテーブルの上に残しているのに気づいた。

「陽子へ」

私に向けた手紙だ。

「お母さんも、子どものころ人のものを取ったことがあります。人は、一度は過ちを犯すものです。でも、それが本当に悪いことだと思ったら反省して、もう二度としてはいけません。お母さんはそれから二度と人のものを盗んだことはありません。陽子を信じています。母より」

広告の裏に、ボールペンで書いてあった。

出勤前に急いで書いたのだろう。

母から手紙をもらうなんて初めてのことだった。

しかも、自分が悪かったことを話してくれる母は新鮮だった。母はいつも決して「ごめんね」とか、「自分が悪かった」とか、そんなことを言う人ではなかったから。

……なぜ思い出したのだろう。

読み終えて、丁寧に手紙をたたんだ。

しばらくの間、私はその手紙をお守りとして大事に持っていた。

娘の歯が折れても他人事⁉

養ってもらっていること、それはそれでとても感謝している。私が病気になっても、夫がいるからこそ心強かったのだ。

でも、もう少し家族を大事にしてほしい。家族、というか私を。二人の時間をもっと大切にしてほしかった。子宮頸がんが再発したら、終わりかもしれないのに。

それでいいのかな……。

人生の残り時間をはっきりと意識するのが、がんという病気の特徴かもしれない。

それだけに、思い通りにならない毎日はとても悔しい。

毎日を、娘と三人のかけがえのない家族で笑いあって、もっと大事にしたいのに、現実はその逆をいっていた。

「私ががんの手術したこと忘れてるんとちがう？」

「なんで私にばっかりこんなんさせんの？　ちょっとは手伝ってや」

そんな非難になってしまう。


ある日、マンション内で遊んでいた娘が転んで顔を思い切りぶつけてしまい、歯がぐらぐらになったことがある。しかも生えそろったばかりの下の歯が三本、歯茎のなかでバラバラに折れて突き刺さっていたので、その破片を麻酔して抜かなければならないという。

「お母さんも一緒に押さえてください！」

指示されるまま、私も看護師さんと一緒に娘の頭をひっしと抱きかかえていた。

小さい娘が麻酔をかけられる姿がかわいそうで、そして生えたばかりの歯があわれだった。女の子なので、歯並びや、歯の生え方で顔の形なんかに影響が出たらどうしよう、それも心配だった。

なのに、夫にそれを話すと、気が抜けたような言葉が返ってきた。

「そうなんや、大変やったな」

「……なにそれ、ぜんぜん気持ちこもってないやん！」

「そんなことない、大変だって言うてるやないか」

わが子のことなのに、他人事のような夫の口調が私には許せなかった。

でもじつは娘のことで心配し、奔走し、疲労困憊《こんぱい》している私へのねぎらいがまったく感じられないことが、一番いやだった。

がんは自分を弱くする。

不安な気持ちにはどうやっても勝てなかった。

子宮がなくてもセックスはできる

心がすれ違うことばかりになっていても、子宮頸がんのあと、夫婦として「愛し合う機会」がまったくなかったかと言えば、そういうわけでもない。

この病気の特徴として、また私自身が子宮の手術をしているのでときどき聞かれる。誤解のないように言っておくと、手術をしたから、子宮を摘出したからできない、ということではない。

ただ実際は、手術後から半年ほどたってから、その機会をやっと持つことができた。手術後しばらくは、身体の傷がまだ気になってその気になれなかった。

聞いたことはないから、夫はどう思っていたかわからない。

子宮頸がん手術のあと、「これが子宮で、これががんの患部で」と、病院で見せられた記憶はまだ生々しい。白子を食べられなかった夫の様子を思い出すと、ある程度ショックは受けたのだろうと想像する。彼なりの優しさで私の身体を気遣ってくれていたのかもしれない。

矛盾するようだけど、その気になれなくても、「ない間」はないということでさみしかった。

女性の器官が失われて落ち着かない気持ちと、セックスのないさみしさはつながっていたのだろうか。それよりも、男と女の違いかもしれないけど、女性としては、心が先に、身体があとにある。スキンシップで髪をなでてもらいながら、安心感も含めて愛し合いたい。

ひさしぶりにそういうことができたときは、いろいろな意味でほっとした。

でも、手術の傷は癒え、男と女の身体としては愛し合うことができても、結果としては私たち夫婦の溝は、もう埋まることがなかった。

夫の心だけ不在の「夢のマイホーム」

思い切って引っ越しをすることに決めた。

これまではなんとなく毎日うつうつとしていたのに、あれもしたい、これも買いたい、という人並みのエネルギーが急に湧いてきた。新しい家、素敵な新しい部屋は希望の象徴のようだった。引っ越して、家族みんなで心機一転やり直したい。

理由はもうひとつあった。

マンションを買っておけば、もし万が一私がこの世からいなくなっても、財産として娘に残してやれる。いままでは家を買うことに興味がなかったけれど、病気を患ったことが、私の背中を押していた。

母と一緒に、郊外の大型量販の家具店やデパートを回った。どんな家具にするか、どんなカーテンにするか。楽しく迷いながらウインドーショッピングをした。新築のため、完成して入居するまでまだしばらく時間があるのが待ち遠しかった。

しかし、夫はその話にあまりうれしそうではない。

「そんな高い物件……」と、最初はまったく取り合わず、いつも渋っていた。

なんとか買うことを承諾してくれた以降もずっと非協力的。

「この床がいい？　この壁紙がいい？」

自分の仕事分野で詳しいことのはずなのに。

「陽子の好きにしたらいいやん」

まったくそっけない。

あげく、それが発端でまたケンカがはじまることになる。

ひとりになったとき、反省することはあっても、夫の「心ここにあらず」の無関心、その本当の原因を深く考えたことはなかった。


私が子宮頸がんの手術をしたせいなのか。身体の関係がしばらくなかったから悪かったのか。子どもがもう産めないことと関係あるのか。それとも、うつうつとした私の態度がいけなかったのか。

いまではわからない。

いずれにしても術後、がんの恐怖は私のなかにずっとい続け、家庭に亀裂《きれつ》をもたらし、夫の心をも奪っていった。

夫の心は、家庭からとっくに離れていた。

パパはお仕事、パパはお仕事

「あんたに産ませてもらった娘が、私の最初で最後の子どもやから……」

私は祈るように、ゆっくりと心を込めて言った。夫は日増しに帰ってこなくなっていた。

「私はもう、子どもを産めない身体やから……、だから、もう後戻りはできへん。大切な娘と、あんたと私と、家族三人でがんばって仲良くやっていこう。あんたが帰ってくるまで、この家をちゃんと守ってるから」

「心はもう戻らない」という胸の痛みに心も身体も引き裂かれそうだったけど、なんとか感情を抑えながらそう言った。夫はうなずいていた。

それからしばらくは、どうやって過ごしていたのか。

ほんの数ヵ月だったのかもしれない。しかし夫を待つだけの毎日は、一日が何ヵ月でもあるかのように長かった。

「パパは？」

「パパはお仕事」

娘に言い聞かせる毎日。

「パパはお仕事、パパはお仕事」

娘はパパっ子だった。

よっぽど会いたかったのだろう、ある日、ベランダで遊んでいた娘が、「パパ！パパ！」と階下を指さして叫んでいる。

慌ててベランダに走ると、夫の乗っている車と同じ車種のシルバーの車が駐車場に入るために減速している最中だった。

「パパ！　パパ！」

繰り返しながら娘は興奮していたけど、その車が夫のものでないことはチラッと見てすぐわかってしまった。

「パパじゃないよ」

私もがっかりしていた。

「パパー、パパーぁ」

しばらく娘はベランダから叫んでいた。

家族がバラバラになっていく過程を、幼い娘はどんなふうに見ていたのだろうか。

娘が「スティックパン」をかじりはじめて

帰ってこない人を待つことが、予想以上に私を「壊して」いった。

まず、だんだん起き上がれなくなっていた。

子宮頸がんを患ったあと、身体の不調や眠れない状態はもはや日常のこととなっていたのだけど、夫との心のすれ違いは女性としての自信をがっくりと喪失させる出来事だった。私に子宮がないからなのか、といじけるような気持ちにつながった。

子宮のない女……。

女じゃない女……。

そんな言葉が絶えずつきまとう。

私の病気が夫とのすれ違いの原因だとしか思えなかった。

「私さえ病気にならなければよかったのに」と、自分自身を責めて責めて仕方がない。気づけばもう、日常生活自体を送るのが難しくなっていた。

夜は入眠剤で何とか眠れても、朝起きるとぼんやりしている。起きたくないのでそのままでいると、目が覚めた娘が「ママー」と起こしに来る。

「起きて、ママ起きて」と、揺さぶられて、「うーんママまだ眠い」と言っているうちに、娘は諦めて離れていく。おとなしくおもちゃで遊んでいる。ビデオを一人で見ていることもあった。

昼近くになってから、やっと私はのろのろ起き出す。さすがに娘はおなかがすいているだろうと思うので仕方なく起きるだけ。

そのうち、お風呂に入ることもおっくうになってきた。

化粧もしたくない。どこへも出かけないし、何もしたくない。何かをしようという気力が出てこなくなってくる。このまま消えてなくなって、なんにも考えたくなかった。

どんどん悪いほうに、悪いほうに物事が進んでいっている。でも思いっきり無力な自分は、ただこのまま夫が帰ってくるのを待っているだけだ……。

どのくらいそういう無気力な状態が続いていたのか、いまはもう正確に期間を思い出すことができない。

そんな私を変えたのは娘の取った行動だった。

その日も、私はベッドの中で横になっていた。

何時ころだったろう、昼か、それとも夕方だったか。ただ、横になっていた。リビングの娘は私から見える位置にいた。ずっと横になっていると時間もわからないし、娘が訴えない限り食事の用意もできない。自分に食欲がないために、娘もおなかがすいていないような錯覚をしている。

「ママ、おなかすいた」

その日は起き上がることもできなかった。

「ママ」

娘がそばまで来て訴えたが、私は口だけ開いてやっと言った。

「テーブルの上に、パンあるで」

今朝食べたものが、いや、昨日のだったか……。

「スティックパン」が袋ごとテーブルの上に出しっぱなしになっていた。でも、テーブルの中央にあったので、三歳半の娘が爪先立ちになっても届かない。

私は見ていた。

「届く？」と声をかけることもせず、「大丈夫？」とも言わず、娘がすることをただ見ていた。

娘はまず椅子によじ登った。

そして椅子の上に立ち上がって手を伸ばしてスティックパンの袋からパンを一本取り出す。手に持ったまま今度は椅子から床に降りて、床に座ってからスティックパンをかじりはじめた。

自力でパンを取った懸命な、必死に生きようとする娘の姿は、そんな寝たきりのまんまの私の目に強く焼きついて離れなかった。

私は声も出せず、手も伸ばせずただ見ているだけだったけど、頭の中では強く強く声がこだましていた。

このままではいけない――。

このままでいいはずがない――。

私ばかりでなく子どもまで巻き添えにしてしまう。

私の人生は、帰ってこない夫をこのだだっぴろい家の中で、娘とポッンと待っていることではない！

——夫とは別れよう。

別れて違う道を踏み出そう。

離れる決意

私はシングルマザーになった。

あんなに守りたいと思っていた私のささやかな家庭は、がんを患ってわずか二年のうちに、ものの見事に崩れ落ちてしまった。

なんでこんなふうになってしまったんだろう？

しかも、子宮頸がんの、まだ再発や転移に注意しなければならない期間は終わっていないのに。五年生存率はフィフティ・フィフティ。私はまだ手術後二年しかたっていない。再発がゼロだとは言い切れない不安をひきずったまま、ひとりで娘を育てていくのか――。

がんは子宮だけじゃあきたらず、私の大切な家族まで奪っていくのか？

しかもいま、私は仕事をしていない。

がんの術後、すぐに働くなんて、とうていできない。精神的にも肉体的にも苦しい中で、何が満足にできるのか。

細々と続けてきたボイストレーニングの講師では、とてもじゃないが食べていくことはできない。

シングルマザーとなった身にはいよいよ「生きる道」は閉ざされていった。

途方に暮れると、竜巻のように後悔が胸の中に巻き起こってくる。

これで本当によかったのだろうか。

さかのぼってみるといったい私は、いや家族はいつからこんなふうになってしまったのだろう。病院から戻ってきたあと、夫とすれ違いはじめたときに私はなにかできなかったのだろうか。夫を責めてばかりいたけれど、私は……。

思えば手術のあとからすべてが変わっていた。子宮頸がんの宣告を受ける前と後では、私の人生は本当に、まったく変わってしまった。病気をきっかけに、すべてが変わってしまった。

子宮頸がんの宣告と、その手術の直後、生きるか死ぬかというときよりも、退院してからの生活のほうがよっぽどつらい。そのつらい毎日の果てに、夫とも離婚することになってしまった。

がんと、がんに付随する苦しみはいつまでも終わらないのか。

それが「がん」という病気なのか。

消えることのない後悔だらけ。

私は深く傷つき、呼吸すら普通にできなかった。でも、夫に別れを宣言する以上に、正しい選択があったとは思えなかった。

後悔ばかりしていてもはじまらない。もう、前に進むしか道が残されていない。

娘を育てていかなければならない。

仕事をしなければ……。

「そうだ、東京で仕事をしよう」

別れた夫のいる大阪にこのままいたくない。

離婚した翌月の三月のこと。私は上京し、東京都品川区の西小山で、自分ひとりの生活をはじめた。仕事を探すために。生きていくために。

もう二度と、後戻りはできなかった。

シングルマザー、娘を残して東京に

離婚を母に報告したとき、母はなぜか泣きながら、私を産んでくれたときの話をしてくれた。若くして父と会い、私を身ごもったとき、親たちに結婚を反対され、堕ろすように説得されたのだという。

「でも、どうしても産んであげたかってん……」

母は命がけで私を産んだということを伝えたかったのだろう。言葉はそこまでたどり着かなかったけど、「変な気を起こさずに」ということを母は言いたかったのだと思う。

東京までわざわざ行かなくても、と思う人もいるかもしれない。少し実家に甘えて、母娘で生活を固めてもいいのではと言う人もいるだろう。

しかし私にとっては「わざわざ東京まで」ではなく、娘がいるから「東京で我慢」だった。ぎりぎりの譲歩が「日本国内」。そんな気持ちだったから、娘がいなければ、きっとニューヨークか、どこか外国に飛び出していたに違いない。

関西での仕事のつてがあまりなかったことも、東京行きを決めた理由だった。だから、東京で仕事の足がかりを作るまでは、母には娘の面倒は見てもらわないといけない。仕事で飲みに行ったりもするだろう。東京に娘を連れていき、二四時間営業の保育施設に預けるのは、いまの状況ではかわいそうな気がした。

「仕事がちゃんと回るようになったら、引き取るから」

そうお願いすると、母は承諾してくれた。傷ついている私を母なりに気遣ってくれていた。

出発の日。

先に娘を預け、あとで荷物だけ届けようと思って訪れた母の家のドアの前で足が止まった。中から、娘のはしゃぐ声が聞こえてきたのだ。

どっと笑う明るい声……。

弟夫婦が来てくれてにぎやかに過ごしているようだ。ありがたい、と心から弟に感謝した。娘の笑い声を、私が入っていくことで止めたくない。

ごめんな……。

震える手で荷物だけ、ドアのノブにそっとかけて、とうとう娘には会わずに東京行きの新幹線に乗り込んだ。


——品川区にある東急目黒線の西小山駅。

駅前のざわざわする商店街を抜けてしばらく歩いたところにあるアパートに部屋を借りた。六畳一間、昭和のにおいのする建物だった。いままで住んでいたリビング三〇畳の大阪のマンションとは比べ物にならない。

あんなに大事に守ろうとしたのに、私の築いたささやかな家庭は、初めから実態もなかったように感じるほどあっけなく壊れてしまった。夫は出て行って娘と二人残され、その娘さえも大阪に置いてきた。

二週間に一度だった子宮頸がんの定期検診は、そろそろ半年に一度の割合になる。幸いにもいままでは再発も転移もない。

でも、これからどうなるかはわからない。

でも一番切実な「ない」は仕事がないことだった。そして私に残された大切な娘とさえ暮らせない。

私にとっては家庭も「ない」のだった。

「でも、ここからや」

私はつぶやいていた。

ひとりぼっちの部屋、見事になんにもない。

でもこれ以上なくすものも、ないのだから。

周囲の笑い声と、くだされた診断

娘のことを一日に何度も思い出す。

朝ごはんの用意をしたり、お風呂に入れたり。そんな娘のための世話が、どんなつらいときも私を支えて、自堕落にならず、なんとか生活を送る支えになっていたのだと思い知らされた。

壊れてしまった家庭の団欒《だんらん》の風景が無性に懐かしい。

そのうち、近所のスーパーで買物をするのも、なんとなく億劫《おっくう》に感じはじめた。いま思えばおかしな行動だけど、知人も友人もいないのに、誰にも顔を見られないように目深にキャップをかぶり、できるだけ人目を避けようとこそこそ振る舞っていた。

「あの女は離婚したかわいそうなやつなんだよ」

「娘を大阪に置いてきたんだって。ひどい母親だね」

そんな声が聞こえるようになっていた。誰ひとり私を知らないのに、私のことを皆がそう言っているような、顔を見て噂していいるような気がしてくる。目に見えない悪意のある人たちに取り囲まれている。
私のことをみすぼらしい女だとみんなが嗤《わら》っている——。
その通りだ、私はみすぼらしいのだ、こんな私は誰からも必要とされていない……。
仕事の現場で元気いっぱいに振る舞う私とは正反対の私がそこにいた。
それまで意識したことなんて一度もなかった。
ふとしたはずみでかかった内科で、私は初めて「うつ」と診断された。

毎日聞こえる「夕焼け小焼け」

カーテンを閉めたまま、朝からずっとベッドの中にいた。朝は入ってこない光が昼前になるとカーテン越しに感じられ、そしてまた入ってこなくなる。

布団のぬくもりに包まれてずっと寝たままで終わる一日。夕方になると、必ず聞こえてくる歌があった。五時ごろだろうか、「夕焼け小焼け」の物悲しい、ゆっくりとしたメロディが、役所からなのか小学校の放送なのかわからないけど、毎日聞こえてくる。

「また一日が終わってしまった」

それを聞くたびに、いたたまれない後悔のようなものが私を襲う。それに抗《あらが》うように寝返りを打つが、何度繰り返しても全身を包む物悲しい感じは消えてくれない。

うつと診断されたあと、いままでの身体の不調の謎《なぞ》が解けて安堵《あんど》すると同時に、一気に寝たきりの状態に私は陥っていた。


私を「うつ」と診断した医者は、先生というよりはまるで親しい友達のように話をじっくり聞いてくれた。風邪で熱があったので受診した内科が、心療内科も併設した病院だったのが幸いした。

私の風邪の症状をひと通り聞いたあと、先生が聞いてきた。

「夜、眠れますか?」

「…………、眠れません……」

その瞬間、私の目からどっと涙がこぼれ落ちた。

気がつけば、私は一気に話し出していた。

身体がだるい、疲れる、眠れない。みんなにウワサされているように思う。

そんな自分が感じている毎日の不調をあげて、そして聞かれもしないのにいままでの自分のつらかったことを次々と、初めて会ったばかりの先生に向かって話しはじめていた。

夫とすれ違うようになり、離婚してしまったこと。娘を残して大阪から東京に来て仕事をしていること。仕事がなかなかうまくいかないこと。

そして、そもそものはじまりとして、子宮頸がんの手術をしたこと、子宮を摘出したこともすべて。

眠れない日々は、がんの手術から退院したあとにはじまっていたことを、しゃべりながら思い出した。

一五分か二〇分、あるいはもっと長かったかもしれないし、思ったより短かったのかもしれない。私は夢中で、泣きながら先生に訴えていた。

先生は優しくうなずきながら「ああ、そうなんですか」と、ときどき相槌《あいづち》を打ちながら最後まで聞いてくれた。

「大変でしたね」

先生のそのひと言が、いままで固く閉ざされていた私の心を溶かした。

親や夫や友達には言えなかった、自分とつながりのある人にはいつも隠していた私の本心を認めてもらったら、身体が、ふっと軽くなったようだった。

「松田さんは『うつ』の状態ですね。よく眠れるお薬があるんですが、飲みますか？」

黙って素直にうなずいた。

親友のユミへ

病院で診断されても、母には「うつ」だとは伝えられなかった。

「娘も待っているから帰ってこい」

そう言われるだろうと思ったから。半分寝たきりの状態なのに、私はまだ帰りたくない。

「しんどいんねん」

母にそう素直に言えていたら、泣けていたら、たぶんすぐ大阪に帰っていたろう。それができなかったのは、仕事ゆえだった。

もし私が会社員なら「休職」という方法もあったのかもしれない。でも私は自分で仕事をしていかなければならない立場だった。シングルマザーとなり、いま無職と同じ状態。これから娘と生きていくためには、何とかして仕事を見つけて生活していかなければならない。

自分がしっかりしなければ、という思い込みのような信念がかろうじて私を支えていた。

そんなときだった。幼馴染《おさななじみ》のユミが、東京に行ったきり連絡のない私を心配して突然訪ねてきてくれた。

「お金がなくて新幹線に乗られへんから、バスで来た」

バスで一〇時間ぐらいかかったという。

「ああ、陽子、顔見て安心したわ」

ほっとしたのは私のほうだったのに、ユミは私の顔を見てそう言ってくれた。寝たきりの私のベッドのそばに座って部屋を見回す。

「ちっちゃい部屋になっちゃったね。大阪の温泉つきのうちの……子ども部屋よりちっちゃいね」

ユミは涙ぐんでいた。

ユミが私のために泣いてくれている。

あぁ、私は家族から離れて、ずいぶんちっちゃいところに住んで、ひとりぼっちで寝たきりになってんやな。

ユミから見たらやっぱりそう見えるんやな……。

せっかく東京までユミが来てくれたのに、私たちはどこへ遊びに出かけることもせず、ベッドに横たわったまんま、ユミとずっと話をしていた。

心配して、大阪からわざわざ来てくれたユミ。

会話が途切れて二人で黙っているときも、私を気遣ってくれるのがずっと伝わってきて、心がほかほかと温かかった。

なのにごめんね。

あのとき、とうとう自分の口から「うつ」とは打ち明けられなくて。

ユミが帰ってしまったあと、心にポッカリと穴があいてしまった気がした。自分のことを心配してくれる存在がいることのありがたさが身にしみて、そして寂しさがいっそう胸の奥にしみわたった。

一番かんたんな方法で死のう

先生から下された「うつ」の診断はショックではなかった。むしろ、「そうだったんだ」と納得する私がいた。

ちゃんと「うつ」と診断されてほっとしたと言ったら不適切かもしれないけど、そんな気持ち。

がんだけじゃなくて、さらに私は病気になっていたのか……。

「死ねー、お前なんか死ね！」

誰のものかわからない声につきまとわれることもあった。離婚前のどん底の日々では、その声に加え、もう何もかもが限界で、娘を殺して私も死のう、と思い詰めたことも一度ではない。

娘が寝たらなんとかして死のう。でも、こんなかわいい子の首を絞められない、ナイフも突き刺せない、じゃあ私だけ死のう。

そんな逡巡《しゅんじゅん》をしている夜に限って、娘が何かを察してなかなか寝てくれなかった――。

「うつ」の薬を飲みはじめたにもかかわらず、自殺企図ばかり。

布団の中で寝たきりになっていたので、動く体力もない。飛び降りる元気もない。手首を切る勇気もない。首を吊《つ》るロープもない。

だけど、死にたいよ……。

だって、私は誰にも必要とされていないし、このまま生きていてもしかたがないから。

「息を止めて死のう。それが一番かんたんだ」

そのときの私は真剣そのものだった。

息を止めて、口元の上まで布団をかぶって目をつぶった。

だんだん苦しくなる、苦しくなる……。

苦しいけど、死ぬんだから我慢しようとさらに固く口を結ぶ。ひくひく鼻が動く。頭の奥がジンジンしびれてきて、真っ白に。苦しすぎて目の前は暗く、オレンジの光がチカチカ差して、寝ているにもかかわらずグルグルとめまいがする。

「あああっっ！　もう限界だっ！」

我慢できずに口をあけてしまい、一気に息を吸う。

つらさからか、悔しさからか、目じりには涙が浮かんでいた。

「はあ、はぁ、はぁ」

何度も息を吐いたり吸ったり。

「ううぅ……、死なれへんわ……」

目じりの涙はツツーッと私の首を流れて、首筋に一筋の冷たさを残していった。

第3章

「人のため」の仕事で復帰！

きっかけは、アンジェリーナ・ジョリー主演の映画

子宮頸《けい》がんという思いもかけない病気が私を襲ってから二年が過ぎていた。再発する目安として三年以内が危ないという要注意の期間を超えるまで、あともう少し。でも待つのはかんたんではない。

「子宮頸がんで、死んでしまったほうがいっそよかったんじゃないか」

せっかく助かった命なのに、そう思うような心境に何度も陥っていた。

「私は、誰《だれ》からも必要とされてない」

「私には何にもない。そのうえ、うつにまでなってしまって……」

「どうやってこのあと生きていったらいいの……」

ベランダの暗がりで、遠くに瞬く星を見ていた離婚直前の秋の夜。人生の方向も、進むべき道も、仕事も何もかもが見えなかった。

このときすでに、私は大阪に戻らざるをえなかった。
そんなどん底の状態にいるときに、私のその後の人生を根本から、劇的に変えてしまうことになる映画に出合った。

映画『すべては愛のために』（二〇〇三年、マーティン・キャンベル監督）。

大阪、梅田の映画館で、その映画を観たのは本当に偶然だった。たまたま街中で深く考えずに選んだ映画。でもその偶然の出合いが、その後の仕事や生き方すべてを方向づけることになったのだから、もしかしたら迷い続けていた答えが目の前にふっと現れたということなのかもしれない。

「難民問題」を扱った映画だった。
ハリウッド女優のアンジェリーナ・ジョリーが出演しているけれど、テーマのせいで、どちらかと言えば地味な映画といっていい。しかし偶然入った映画館で内容も知らずに観はじめたのに、冒頭から映像が私の心を鷲づかみにした。
「人に、使命があるとしたら、なぜ、それを探し求めないのだろう……」

主人公の「つぶやき」ではじまる。

その言葉がいきなり私の心に突き刺さってきた。

アンジェリーナ・ジョリー演じる、「何ひとつ不自由なく暮らす主婦」が自分の命をかけて、UNHCR（国連難民高等弁務官事務所）で難民支援活動をするキャンプに飛び込んでいくストーリー。

「あっ！」と悲鳴を上げる私。

映画を観ていると、ある光景が突然フラッシュバックした。

茶色い大地、茶色い埃《ほこり》交じりの風が吹きすさぶ中で、物乞《ものご》いの子どもたちが私の服の裾《すそ》をつかんでいる。

「マネー、マネー」

執拗《しつよう》に繰り返しながら、小さなその手は私の服を離そうとしない。そして、別の子どもは「マネー」と手を差し出しながら何度もゴロン、ゴロンと転んでいる。よく見ると、その子の足は太ももから切断されているのだった。

――それは世界を旅行していた二十代の半ばに、私が実際にスリランカで目にした衝撃的な光景だった。

映画は、エチオピア、カンボジア、チェチェン……と舞台を変え、内戦や貧困下での難民キャンプの悲惨な状況を映していく。物語に引き込まれながらも、しだいに私の頭は難民問題から離れて、また、スリランカの記憶からも離れ、自分のこれまでの生き方を走馬灯のごとく、ものすごい勢いで振り返っていた。

私にはすべてあるじゃないか！

私の考え方は、間違っていた――。

子宮頸がんになる前、そして病を得てしまったあとからいままで、すべての出来事を思い出していた。突然がんになって手術して、うつにもなって、離婚して、仕事もなくて……。何にもない。すべて失ったと思っていたけれど、この映画を観て気づいたのだ。

「私にはすべてあるじゃない」

屋根のある家に住んでいるし、食べ物だってある。痛い苦しいと言えば病院で手当もしてもらえる、薬ももらえる。この安全な日本にいれば、理不尽な戦いの中に巻き込まれて死ぬことはない、それだけで十分恵まれているはず。

かんたんに子どもが死んでいき、母親も殺されていく。

世界の中では、内戦のせいで難民になって、家や食べ物、薬という、日本では当たり前のそんなささやかな願いさえかなえられない人がたくさんいる。

ああ……、私はいままで忘れていたんだな……。

がんを宣告され、手術で入院したときも、夫と離婚にいたる経緯も、そしてうつになったいまも「苦しい、つらい」と思っている私より、さらに大変な人たちがいる。

それは遠い国の話だけではなく、日本にも、そしてごく身近にも……。

映画を観ながら考えがずっとめぐっていた。

どうしてかはわからないけど、そんな人たち、苦しんでいる人のために、自分は何かしなければいけないというはっきりとした何かが、胸の中に湧《わ》き上がった。

手術の前夜、ひとりぼっちのベッドの上で、ただただ祈っていたことを思い出す。

「お願いします、どうぞ私を生かしてください。命が助かったら人のために生きていきますから！」

――でも私は「誰かのため」には生きてこなかった。

助けてもらった命なのに、退院後、人のために生きてはこなかった。

自分、自分、自分、いつも自分ではなかったか。

「自分だけ苦しい」

「自分だけがんばっている」

そう思い続けてもがいていた。狭い世界の中で、自分を苦しめて深い穴に落ちていた。

振り返れば「自分、自分」という狭い考え方の私に、毎回「人のために生きる」ことに気づくようサインが出ていたというのに。

子宮頸がん、離婚、そしてうつになって……気づくように出されていたサインを無視していたから、どんどん自分だけの深い穴にはまっていったのだ。早い段階から生き方を変えていれば……。

でも、いまわかった。この映画を観たおかげで、気づくことができた。

「人のために生きる。苦しんでいる人には手を差し伸べる」

それが私の「使命」だ！

素朴な言葉かもしれないけれど素朴でいい。映画が面白いからということだけじゃなく、胸が高鳴っているのがわかる。

それが仕事復帰を目指す新しい私の、スタートライン。

進むべき道を示してくれる光が、遠くに見えた気がした。

私にできる「人のため」って何だろう？

「苦しんでいる人のために何かしたい」

ふとしたきっかけから、ようやく自分の目標がはっきりした。とはいえ、実際にはまだ、うつの真っただ中にいて、すぐに特別なことができるわけじゃない。

でも、いまはじめなかったら、また私は動けなくなるかもしれない。ちょっとでも一歩を踏み出そう。人のために何かできることはないのだろうか……、動かない頭で、いろいろ考える。

振り返れば、このときから仕事に復帰したいまの私がある。

本当にちょっとしたきっかけで特別じゃない。そんな私みたいに、仕事に限らず誰でも「復帰」できることを知ってほしい。

まず踏み出した第一歩。

かつて国連で仕事をしたいと思っていたことと映画が結びついて、当時、国連UNHCR協会が募集していた翻訳のボランティアに応募することにした。

ただそれは、期間限定の仕事だったのであっけなく終了。

今度は難民支援のために、仕事でもらうわずかばかりの収入を寄付し続けようと思った。でも、仕事もまだたいしてあるわけではない私。一回の金額としては最高でも、せいぜい五〇〇〇円がいいところだった。

これではいつまでたっても支援できているような実感がない。

満足だってできない。もっと、いい方法はないだろうか。自分の特徴を生かして、続けていけるようなことは……。

「そうだ、私は歌手なのだから、歌うことで支援できるのでは？」

ふっとひらめいた。

私は歌手活動をしていたおばの誘いもあって、五歳のころから五〜六年、ステージ上で歌を歌っていた。家庭の事情で断念したものの、二十代のときにはニューヨークの由緒あるマリオットホテルで歌を歌う仕事もしていた。

だからチャリティーライブはどうだろう。歌は私が歌うし、司会もできるからギャラは不要。会場に募金箱を置いてみたらどうだろう。

歌うこと、司会、イベントの企画――いままでみな自分がやってきたことじゃないか。

「これまで自分がしてきたことで社会貢献ができるかもしれない」と思うと少し元気が出てきた。自分が得意としていることで、まず進んでいこう。自分のためではなく「人のため」と思うだけで力が出てくるから不思議だ。

かつてのイベント関係の知り合いに連絡して構想を話したところ、タイミングがよかったらしく、とんとん拍子に話が進んで神戸ハーバーランドという大きな会場を借りることができた。

スポンサーになってくれる企業も集まった。構想も、進め方も仕切りもまったくの自己流だけど、私が中心になり、クリスマスのイベントとして終わってみれば五〇〇人ほどのお客さんを集めることができた。

イベント主催本部の名前は「self」。自分自身、そしてあなた自身を大切にしてほしいという願いを込めている。

ゲストではピエロや大道芸人、そしてBMX（バイシクルモトクロス）の選手にも出演してもらうことに。募金箱にはまとまった金額のお金が集まって、当時震災を受けた新潟県に寄付金として送ることにした。後に、新潟市長から感謝状をいただいたことはいまでもよく覚えている。

イベントのスタッフ、自治体の人たち、スポンサー企業の方たち……。

準備から実行まで、短期間のうちにものすごい勢いで動き回った。

イベントにかかわってくれる人を集め、お客さんを集め、警察に行っては許可をもらって、いろいろな人に自分のボランティア活動の構想を伝え、助けてもらった。

目標を持ってひとつのことを成し遂げるなんて久しぶりだなあ。

専業主婦だった自分、病気を経てうつうつとしていた自分とは違う何かがある。

少なくともやり終えた「満足感」があった。

——だけど、いいことばかりは続かない。

終わったあと、ばったりと倒れて私は廃人のように動けなくなってしまった。いままでより、さらに大きな波のうねりをともなって、うつ状態がぶり返してしまった。

水を飲むのが私にできる精いっぱいというほどに。突拍子もないパワーが出たあと、根こそぎエネルギーを使い切ったようだ。

復帰への道のりは、一度のチャレンジで近づきはしなかった。

がんの人にかける言葉とは

「陽子、元気にしてるか？　息子のこと、ごめんな」

元夫の母から電話をもらったのは、イベントの準備が佳境に入って忙しくしているころだったと思う。

夫は私と離婚してから、間を置かずにすぐ再婚していた。そして子どもがもうすぐ生まれるのだと聞いて、無理やりふたをしていた感情がまたざわざわと動き出した。

「子どもが……、生まれる……」

思わず、自分の腹部、子宮のあったあたりを手で押さえてみる。

私はもう、子どもを産めないのに、むこうには子どもが生まれるのか。女として、母として、私がもう得られない幸せを夫は得ている。あまりに早い展開に、胸が締めつけられる思いがした。

まだ子どもを産める年齢なのに、私にはもうその幸せを味わうことができなくて、娘を出産したときの喜びを覚えているだけに、その苦しみと悲しみの気持ちは、自分で息が詰まるほど強烈だった。

「ほんまに、ごめんな」

気持ちを察してくれたように義母は謝ってくれた。

結婚していたときから、義母は私を本当の娘のようにかわいがってくれていた。自分の娘と私が同じ名前だったことに縁があったように思って、分け隔てすることなく、「陽子、陽子」と、なんでも話してくれた。

まだ新婚間もないころ、飲みに行った夫が帰ってこないので、「酔っ払って、雨の降る中、道端で寝てるんじゃないか」と心配して、夜中に二人で探しに行ったこと。

妊婦だった私と二人で一緒にゴルフをはじめた義母が、地面を叩きすぎて、クラブの先がポーンと飛んでいって大笑いしたこと。一緒に温泉旅行に行って、立ち入り禁止のお湯にこっそり入浴したこと……。

たくさんの思い出があった。

義母自身も、離婚を繰り返し、人生の波にもまれてきたので、人の気持ちもよく察してくれたし、つらいことも笑い飛ばして、生きるエネルギーに変えていく。

そして自分の息子が私にしたことに対しては本当に心を痛めていて、本人は悪くないのに、何度も何度も私に謝っていた。

「あれからちょっとしかたってへんのに、早すぎるなあ。つらいなあ……」

義母はまた謝ってから、思いもかけないことを私に伝えた。

「じつは、私な……がんになってん」

「えっ……」

ぎくり、とした。

「……お義母さん……」

あの日、私自身ががんを宣告された日のことが、映像を伴ってよみがえる。

チカチカする留守番電話のランプ。先生の「一刻も早く」という強い口調。夫に電話したときの恐怖感、泣き顔で帰ってきた夫と抱き合って過ごした夜……。

そのときの恐怖や打ちのめされた絶望感を思い出す。

一瞬、何と言ってあげればいいのかと私の頭の中で言葉がぐるぐると回った。自分ががんだとわかったとき、私は人に何と言ってほしかったろう？

ちなみに義母は乳がんだった。

私たちの離婚にとても心を痛めていたようで、がんはその心労のせいではないだろうか、そんなふうに思われて仕方がなかった。私たちの離婚が彼女を悲しませ、がんにさせてしまったのではないだろうか。

でも、いま言葉をかけるとしたら、そんな後ろ向きな言葉じゃない。

「……お母さん、お互い、がん患者やな」

努めて明るく言った。

がんである事実とは向かい合わなければならない。でも、「がん」だから不幸で「かわいそう」なわけじゃない。そんなこと、私はあのとき言われたくなかったし、人にも言いたくない。がんを経験した自分だからこそ言える励ましの言葉がある。

「お義母さん、がんは手術したら治るから。私も乗り越えられたし、お義母さんも絶対乗り越えられる。二人でがんばろう！」

言いながら、泣きそうになった。

義母が打ちのめされているだろう恐怖と孤独がよくわかる。私が通ってきた道だった。でも、そこに負けてはいられない。

怖いのは「がん」ではなく、「がんに負ける心」。

慰めが必要なのではなく、一緒に手を取って乗り越えていくことのほうがはるかに大事な気がした。

「そやな、負けたらあかんな。陽子もようがんばってるもんな」

義母はそう言ってくれた。

「そうそう、絶対治るから。がん患者同士、がんばろう」

二人で何度も励ましあった。電話でなかったら、手を取りあい、抱きあっているだろう。義母への励ましは、そのまま自分自身への励ましに変わっていくようだった。

——私のなかで、がんに対する認識が少しずつだけど、明らかに変化していた。

「産めない」恋愛

夫に新しく子どもが生まれると聞いてショックを受けたのは、じつはそのころ、私が「恋愛」をしていたからだと思う。

自分が再び誰かを好きになるなんて想像すらできなかったけど、同級生と再会し、つきあうようになった人がいた。

気が合って、ごはんを食べに行ったりして、惹かれあっていることをお互いに意識する。自然と、一緒にいる時間が増えていた。

だけど、一緒にいる時間が長くなるにつれ、私はどうしようもない居心地の悪さを感じはじめてもいた。

子宮がないことを伝えなければならないという思いだ。

結婚していたときは、もう「子どもが産めない」ことは夫との間では了解事項だったので説明など必要ない。

でも独身に戻ったいま、ひとりの女性として生きていると話は大きく違ってくる。

好きな人ができた瞬間から、「子どもを産めない」ことは、私を再び苦しめることになった。

子宮がないことを告げるのは、同性にはもちろん、男性にはよけい言い出せない。女性として見られないのではないか、女じゃないと思われるのではないか……。そんな気持ちがじゃまをする。

もしこの本を読んでくれているあなたが男性ならば、「子宮がない」と言われてどう思うか、教えてほしい。

実際に一度、近所のおじさんに悪気なく「子宮ないならおかまちゃんと一緒やな」と笑われたことがあった。

自分の好きな人なら、なおさら言えない。嫌われてしまうのではないか、という恐怖がいつまでも消えてくれないから。

でもずっと一緒にいたいし、結婚したいという段階になったら、「子ども」という話は必ずついてきてしまう。

そのときになって打ち明けるのは、さすがに罪深いだろうな……。

やっぱり、黙っているわけにはいかない。

好きな人との出会いの場こそ、私は苦しい。言わなければという気持ちが自分を責めて、どんどん、どんどん焦っていく。お互いに好きだということがわかってからほどなく、子宮頸がんの手術で子宮を全摘出していることを伝えることにした。

「えっ……？」


そう言ったきり、相手は黙ってしまった。

時が止まってしまったように、私も沈黙することしかできない……。

……返事はまだかな。

ずいぶん長い間、相手は沈黙の中にいた。

何と言われるのだろうか、私は気が気ではなかった。

「それならおつきあいをやめます」

さすがにそうは言われない。長い長い時間がたったように思う。彼は少しだけ息を吸い込んだ。

「それでもいいよ」

そのたったひと言だけ、プレゼントしてくれた。

言ってくれたことにほっとし、彼に深く感謝して、そしてやっぱり私は悲しかった。生きるためには子宮を取るしか選択肢がなかったのか。生きるために選ばなければならなかった運命の選択に、いま私は苦しめられている。

「もし、これがほかのがんなら私のような煩悶《はんもん》を抱えるだろうか？」

「もし、ほかの器官を失っていたとしても、結婚することで迷うだろうか？」

子どもを産める可能性がないことが、いざというときにこんなに私を苦しめることになるなんて……。

打ち明けたあとも、私は苦しんだ。

彼も同じくらい苦しんでくれたと思う。

「それでもいいよ」と、言ってくれた言葉にうそはまったくなかった。その言葉は、子宮のない私を肯定してくれる、尊い言葉だと思う。

でも、「それでもいいよ」という言葉の意味をそのときの二人はまだ知らない。

結局、「それでもいい」期間は長く続かなかった――。

本気になればなるほど「それでもよくなくなる」事実がどんどん私たちの生活を埋

めていき、ごく短い期間を一緒に過ごして、私たちは別れた。
「ごめん。陽子とは結婚したいけど、やっぱり子どもがほしい」
去っていく彼を、どうして責めることができるだろうか――。
彼と一緒になりたいよ……。
でも仕方がない。子宮のない私がとてもとても、心の底から憎らしい……。
でも子宮を取ってなかったら生きていない。
こんな宿命を、私はいったいどうすればいいの……。

私はママで、私は歌手で

初めてのイベントの疲れと、プライベートでのショックな出来事が重なって、しばらくはほとんど動くことができなかった。しかし、抗うつ剤のおかげもあって少しずつよくなり、そのあとまたエネルギーを出しては壁にぶつかり……その繰り返しだった。

うつは、いっぺんにはよくならない。

「躁《そう》状態」といってもいいような突拍子もないエネルギーが出て、そのあとまたさらに深いうつの繰り返しに陥ることがある。

私にとって運がよかったのは、「人のため」のイベントが、結果的に私の仕事を後押ししてくれていたこと。

イベントで歌を歌ったことが歌手としての自信を取り戻すきっかけになったし、歌手として仕事復帰する決意に火をつけた。大阪のライブハウス、フラミンゴ・ジ・アルーシャのオーディションを受けて、無事合格することだってできた。

フラミンゴは二階建てのライブハウスで、食事をしながら演奏を聴く大人の雰囲気のお店。でも私のライブは、二階席が埋まるどころか、最初はバンドのメンバーよりもお客さんのほうが少ないくらい。

「どこを見て歌おうか……」

そんな感じだった。

でも歌いはじめると、まったく気にはならない。たったひとりのお客さんでも、その人のために歌おう、自然にそう思える。

しだいにスタンダード・ナンバーだけでなく自分のオリジナルの曲を歌うようになった。これは、子宮頸がんのおかげだと思っている。

不思議なことに、手術のあと、まだ病院に入院しているときから、なぜか頭の中にメロディが浮かんでくるようになっていた。「あふれ過ぎ」というぐらい歌が浮かんでくることもあった。

これまでは曲を作りたいと思ってもどうしたらいいのかわからなかったのに、がんのあとに、メロディが雨のように降ってくるなんて……。

理由はわからないけれど、子宮を失った代わりに、そんな能力が授けられたように感じる。

そんなシンガーソングライターになりたてのころ、私のフラミンゴでのライブに、ゲストとしてレーサーの片山右京さんが登場してくれたことは忘れられない。

右京さんは、ニースのフランス語学校に留学していたころの知り合いだった。当時すでにF1レーサーだった彼はモナコ在住で、ニースの私とはお隣さん。友人として親しくさせてもらっていた。そんな右京さんと、イベントの仕事のおかげで十何年振りかに再会し、「ライブに来てくれませんか？」とお願いしたら、なんとステージにも上がってくれた。右京さんは、私の曲「Ｌａｎｄ～争いのない地～」を気に入ってくれて、後にパリ～ダカールラリーのご自分のテーマソングとして使用してくれた。

応援といえば、なにより心強かったのは娘だ。

娘に私のステージを見せたときのこと。家にいるときのママと全然違う、ステージ衣装で着飾っている私を見て、とても気に入ってくれた。

「きれい、ママきれい！　私も着たい！　ママ、いらなくなったらちょうだいね」

女の子らしい感想を言ってくれたのには思わず笑ってしまった。

「うちのママ、歌手やねん。歌うまいねん」

後日、幼稚園の友達に自慢しているのを聞いたときは、胸が熱くなるのを感じずにはいられなかった。

「そうだ、まだプロの歌手としてスタートしたばかりだけど、私は歌手。娘にとっては自慢のママで、ステージの上では歌手なんだ」

娘はいつのまにか私を支えてくれるぐらい、成長してくれていた。

子どもを産めないがゆえに傷つき敗れた恋愛を経て、やはり私の子どもはたったひとり、娘だけなのだと思うとますますいとおしい。

人のために踏み出した「小さな一歩」が積み重なって、少しずつ仕事に向かう自分ができていた。

がんの「後遺症」だと思えばいい……

順調に物事が進んでいるようだけれど、実際は仕事が増えるほどつらかった。

子宮頸がんの検診の前は、いつも「大丈夫だろうか」と不安になることは変わりなかったし、長引くうつの症状にはあいかわらず苦しめられていた。仕事が軌道に乗ってくると、プレッシャーと同時に「薬」も増えていった。

そのころ飲んでいたのは入眠剤と抗うつ剤。ほかもあったかもしれない。身体がガチガチに凝っているので、それを緩和させるような薬とか、常に何種類かを飲んでいた。

うつの薬は、気持ちがリラックスして、ネガティブな思考をブロックしてくれるけれど、その副作用も無視できない。むしろこちらのほうがつらいと思うこともある。頭が回らなくなるような、いつも薄いビニールのなかに脳が包まれているような不快感が消えない。ボーッとした感覚が離れない。物覚えもひどく悪くなる。

何より困ったのは司会の仕事で、台本が頭に入ってこないことだった。

本番直前まで必死で覚えるけれど、目から入る文字が「スーッ」とそのまま反対の目から抜けていく。

「時間がないよ！」

焦って何度も何度も台本を見ながら、必死に私は仕事をしていた。

本番中に何をしゃべっているのか、あとで思い出そうとしてもまったく思い出せないことも珍しくなかった。仕事では、まだ気を張っているからなんとかやっているけれど、プライベートではその反動が確かに出ていた。

「じゃあ、明日四時に」

ウィンドサーフィンの仲間と約束しているのに、四時を過ぎても身体が動かない。薬の副作用のだるさと、仕事の疲れの反動でどっと倒れ込んでいる。

「陽子だからしかたないね」

……ルーズな人間だと、思っただろうな。

仕事仲間と旅行をすることになったときも、薬のせいでパニックになった。一泊のはずが急に二泊することに現地で決まり、そのとき私は一日分の薬しか持っていなかった。

「薬がない。どうしよう！」

言い表せない焦りが生じる。「パニック」になった帰りの電車では真っ青になって、冷や汗が止まらない。口もきけない。

「どうしたの？　気分でも悪いの？」

何度も友達に心配されるものの、私は「大丈夫……」と言うのが精いっぱいだった。うつで、薬を飲んでいるということは仕事関係者にはもちろん内緒。そんなことを知られたら仕事が来なくなってしまう。

そして何より悲しいことに、「友達」にも言えなかった。

旅行仲間のひとりにお笑い芸人、北陽の伊藤ちゃんがいた。

「すごく、元気になったね！　びっくりしたよ。陽ちゃんあのころ、ほんと大変そうだったもの……」

数年後に再会したときにそう言ってくれたことがある。当時は彼女にも、うつで薬を飲んでいることは言っていない。

「薬を飲んでいるかわいそうな人」と思われたくなかったから。

それに比べたら「時間にルーズな人」「自分勝手な人」と思われるほうが何倍もいい。

――そうだよね。それががんの「後遺症」だと思えばいいよね。

いまから思えば、そうやって自分を追い込んでしまうことも、がんの大きな苦しみのひとつだったのかもしれない。

仕事をするほど二重人格になっていく

当時、ブログの日記は「うつ状態」「躁状態」を抱える、「陰と陽」の私の生活そのものだった。

ちょうどそのころ、ライブ活動やチャリティーイベントのPRになればとブログをはじめた。口もききたくないぐらい消耗している日のブログに、明るい調子でつづられたコメントをアップする私。

「いつも明るいね。元気でいいねえ！」

「陽子は元気だけが取り柄だね！」

仕事で会った人たちの前で元気に笑う。もちろんそれはうそではない。だけど、それはその瞬間だけ。

ぎりぎりの状態にいる私の混乱の跡が、いまでもブログには残されている。

ある日のブログにこんな記事がある。

精神科医の本を読んだ感想のようだ。

「……精神科の先生が書いた本とは思えないぐらい、とっても読みやすくておもしろかった。昔は精神科って、とっても重いイメージがあったけど、いまは気軽に立ち寄れるようになってきた気がする……私の友人がいま心療内科に通っていて、この本を勧めたら一気に読んで、『病院へ行くのが怖くなくなったよ』と言っていた。よかったよかった」

――友人、ではなく「自分」の話だった。

自分がうつの薬を飲んでいることなど、おくびにも出さないし、病院に通っていることはどこまでも隠していた。でも、どこかで吐き出してしまいたい精神状態。気づけば私は、パニック障害や対人恐怖症も患っていた。
それでも娘のために仕事をしなきゃと思っていた。

何十年もため込んだ怒りの爆発

母には正直に打ち明けることにした。
「うつ」になったことを。

子宮頸がんのとき、そして術後、自分ですべてをやろうとしたことで、身体も心も負担が大きくなった失敗がある。私が寝たきりのような状態になったら、娘は母にお願いするしかなかった。

打ち明けたあとのある日のこと、母との関係を大きく変えてしまうぐらいの大事件が起こった。

きっかけは、母が自分の車に乗ろうとしていたときに、たまたま私がその車を使っていたこと。母にとっては一大事だったのかもしれないし、単にかんしゃくだったのかもしれない。

車を運転している最中の私に、車を使えなかったことに対する母の怒りのメールが送られてきた。

「あんたと一緒に暮らしていたら、こっちまでがんになって死ぬわ！」

……………本気なの？

心臓が止まるかと思った。

ハンドルを握っていた手が硬直する。

「死ね、お前なんか死ね」

幻聴なのか、実際の声なのか、耳を打つ声が聞こえてきた。

お母さん、あんまりよ！

がん患者の私に、なんてこと言うの！

しかも私は、決死の思いでうつも打ち明けているのに。がん患者で、うつの私に
「がんになって死ぬわ」って……。

「死んでやる。そんなに言うなら死んでやる！」

そのままどこかに突っ込んで死んでしまおう。本気で思った。

でも、ひらめいた。

「いますぐは死ねない」

母にちゃんと「そんなひどいこと言わないで！」と抗議して、自分の思いを全部ぶつけて、それから死のう。死ぬのはそれからでいい。

車をもと来た方向に戻して、母のところへ直行した。

「お母さん！　なんでそんなことを言うの？　がんになって死ぬって、私の気持ち考えたら絶対言えない言葉やん。産んでくれた母親にそんなこと言われて私はどうすればいいの。うつの娘と孫の面倒見て、お母さんもしんどいかもしれんけど、一番しんどいのは私よ。誰からも愛されへんかったら……、母親にもそんなこと言われたら、私もう……、もうどうすればいいかわからない」

あとから、あとから感情があふれてきた。

いままで何年も、何十年もため込んでいた私の中の抑えていた気持ち、寂しさ、怒りが一気に爆発して、止まらなかった。

「いつかお母さん、親の反対を押し切って必死で私を産んだって言うてくれたよね。なのに、いま苦しんでる私にそんなこと言うの？　そんなに私が憎いんなら、いまここで、お母さんの目の前で死ぬよ！」

自分の感情を、生まれて初めて母にぶつけていた。

寂しい悲しい気持ちにふたをして、大人びた物分かりのよさで振る舞っていた子どものころを経て、母親と距離を置くことでうまく乗り切ってきたころを経て、私は初めて自分の中の寂しさと、母への思いを全部ぶちまけていた。

呆然と立ちつくす母。

いままで何を言っても平気だった娘が初めて感情を爆発させている。

ただ、気まずそうにしていたけど、私に対して「ごめんな」とは言わなかった。

そう、それを言えない人……ずっと昔から。

でも、自分の思いを一気にあふれさせ、母に全部ぶつけられたことで、不思議と心が浄化していく。

母には酷なことを言ったかもしれないけど、言ったことは本当のことだし、後悔はない。それどころか私は、母と本当に向き合っていた。

感情を爆発させてまたしばらく寝込んでしまったけれど、それから私と母との関係は不思議といい方向に向かっていった。

「陽子！　陽子！」

子宮頸がんの手術のときに、手術室から病室へ運ばれていく私に向かって叫び、号泣していた母。それを思い出すとき、私は妙に泣きたくなる。好きだ、嫌いだという感情を超えて、母と娘はどこまでもつながっているのだろうか。

がんを乗り越えたことで変わったことがあるとしたら、それは間違いなく「人間関係」だと思う。これががんを乗り越えるための大切な要素にもなっている。

心の奥深いところでくすぶっていた「がん」のようなもの、「私と母のいびつな関係」が、いつのまにか「がん」を通してなくなっていた。

「お蕎麦屋さん」からも難民支援

『すべては愛のために』で、アンジェリーナ・ジョリー演じる主人公が働いていた国連の機関、UNHCR（国連難民高等弁務官事務所）にかかわって、なにか難民の援助をする仕事をしたいという気持ちは、映画を観た日からずっと続いていた。

国連UNHCR協会の翻訳をボランティアでしたこと、また、ライブの折々などに募金箱を置いて、集まった貴重なお金を協会に寄付したりしていたことで、薄くつながってはいたけれど、そうでないときも、自分のライブやラジオ番組で難民支援をできるだけ話題にしようと思っていた。

日本では当たり前の「平和」がどれだけありがたいのか、そして世界には戦争によって、水一滴すら飲むことができないまま、亡くなっていく小さな子どもたちがたくさんいることを、まずみんなで話すことからはじめていきたかった。

「日本国連加盟五〇周年記念イベント」のアナウンスの仕事の依頼がきたのはそんなとき。五〇年という節目の本当に記念すべきイベントに参加させてもらうなんてこれは何かの縁かもしれない……。

国連UNHCR協会に挨拶《あいさつ》に行くと、いままで三人の松田陽子がいると思っていたと告白されて思わず笑ってしまった。翻訳ボランティア、細々と続けてきた寄付者、そして今回のチャリティーイベントを主催する私、それがまったく同じ人物だったと知って驚かれたようだ。

その後、たくさんの人から刺激を受けて私は、正式にボランティア団体「self」を立ち上げる。呼ばれて働く立場から、自分が動くことで難民支援をはじめボランティア活動を続けていくための基盤を作って、募金活動や講演会、ライブ活動をしていこうと思った。

縁がつながり、いろいろな人が応援してくれた。

大阪のホームグラウンド、フラミンゴ・ジ・アルーシャで第一回松田陽子チャリティーライブを開いたのはその年、二〇〇七年の暮れだった。

二〇〇八年からは、東京・神宮外苑花火大会のゲストとして呼んでもらっている。ここは二万人以上が入るスタンド。それだけのお客さんの前で、花火が打ち上がる前に歌わせていただいている。

歌手、松田陽子としてはまさに檜《ひのき》舞台だ。さっそく募金ブースを作ってもらって、ここでも私は募金活動をさせてもらえた。普段は会えないたくさんの人に歌を聞いてもらい、また世界平和や生きることの価値を伝える願ってもない機会が与えられてうれしかった。

関東の地元・鎌倉でも、難民支援のイベントを立ち上げることができた。ふらりと入った近所のお蕎麦《そば》屋さんが興味を持ってくれて、教育委員会・観光協会や役所に話が通り、なんと鎌倉市自治体も協力してくれる一大イベントになった。

映画を観た日に決意したことも、動けば少しずつ形になっていく感激があった。人との出会いを通して、仕事以外の夢も、なんとか少しずつ形になっていく。

ほっぺたのばんそうこう

これまでのイベントなどの司会仕事に加えて、格闘家魔裟斗《まさと》さんと出演する「スカパー！」の番組も決まった。彼の英会話講師兼司会という仕事だった。

歌手としても思わぬ展開をしはじめる。MBS毎日テレビの「水野真紀の魔法のレストラン」のエンディングソングを作詞・作曲して歌うことに！　UNHCRのために「生命～いのち～」という曲を作り、国連関係のイベントで歌わせてもらってもいる。

だけど、私はここでひとつ、告白しなければいけないことがある……。

それは娘とのこと。

じつはこのとき、また娘を「叩く」ようになっていた。

子宮を失っている私にとって、娘は最初で最後のかけがえのない存在。

これを告白するのは本当に心が痛む……。

でも、あえてこの話をするのは、自分と同じような状況で苦しんでいる人がたくさんいるということを、いまは知っているから。

人は無理をすると、どこかで反動が出てしまう。時間に追われて、がんの手術後に陥ったようにイライラする。

子どもならいたってふつうの甘えやわがままにいら立ち、気づけばなんと怒るときに「手」が出るようになっていた。

「なんでお母さんを困らせるの？」

まずは思いっきり怒鳴りつける。

「早くしなさい！」

ついに、娘を叩く。

しつけで叩く。そういうポリシーがある親もいるかもしれない。だけど、それだけじゃないと私は思う。ストレスフルな自分がまずあるのではないか。たまたまそこにいる子どもがターゲットになるというのが本当のところで、自分より弱い存在がたまたま子どもということ。

——私自身、ある出来事で自分のごまかしに気づかされた。

私が叩いたせいで娘のほっぺたを切ってしまったときのことだ。

マイクを握る仕事柄、ネイルのために爪は長めで、頬《ほお》を叩いた拍子にその爪が娘のほっぺたを切ってしまった。

「あっ！」と思ったときには、すでに頬から真っ赤な血がにじみ出ていた。

「痛い痛い！　ママ、痛い！」

切れたのはほんの少しだったけど、娘は必要以上に泣き叫んでいるような気がした。いままでの私の暴力に全身で抗議しているように、「叩かないで！」と身体中で叫んでいた。

とたんに、幼少期の悲しい記憶が頭の中を駆け抜ける。自分がされてつらかったことなのに、いま私はこの子に同じことをしているじゃないか。

私の目の前では、まだ娘が泣きじゃくっていた。

「ごめんね、本当にごめんね」

娘に謝りながら、私も泣いていた。

「暴力は絶対に反対！」

ボランティアや、世界平和なんて言っているのに、親子の間が全然平和じゃない。外ではきれいごとを言っているのに、私はなんてひどい二重人格なのか……。もう子どもを産むことのできない私にとってたったひとりの、大切な大切な娘を傷つけるなんて……。

親が子どもをわけもなく叩いていいわけがない。では理由があればいいのか、と言えば親の機嫌を損ねたことすら理由になってしまう。一度手を上げると、二度目からは、良心はかんたんに吹き飛んでしまう。

「まだいける。まだいける」と。

一度うつ状態になると、どんどん深みに陥っていくように、暴力もすごい勢いでどんどんエスカレートする。

もう、絶対やめよう！

うつの状態も、自分の忙しさも、娘には関係ない。自分が断ち切らなければ、暴力は断ち切れない……。

偶然、その翌日が地元の地区の「運動会」だった。

重い身体を引きずって向かったグラウンドで、娘が走っている姿を見ながら、私は二度と理不尽に手を上げることはするまい、と誓っていた。

娘は一生懸命にゴールに向かって走っている。

ほっぺたにはばんそうこうが一枚、きれいに貼られていた。

死んだらあかん!

二〇一〇年、大阪の中央公会堂で、乳がん撲滅のためのキャンペーン「ピンクリボンチャリティーイベント」が行われ、私は司会を務めた。アグネス・チャンさんがゲストにいらして、自分の乳がんの体験談を話してくれたイベントだった。「がんに負けずに、子どものために生きたい」という話では、私は自分の子宮頸がんの経験と重ね合わせ、司会を務めながらも涙を抑えるのに必死になっていた。

じつは三歳のときに、母に初めて連れて行ってもらったコンサートが、アグネスさんのコンサートだった。

子宮頸がんで死んでしまっていたら、アグネスさんと同じステージに立つ日が来ることはなかったろう。一方で、子宮頸がんになっていなかったら、もし生きていたとしても、ここに司会として呼ばれなかった。

いや、子宮頸がんが再発していないからこそ、私はこのステージにいて、同じようにがんを経験したアグネスさんの話を聞いているのだ。

そう思うと、子宮頸がんの撲滅のためにも、私はもっともっと何かできる、しなければならないという思いに取りつかれた。

がんを患っている人。

とくに、女性特有のがんを患って苦しんでいる人。家庭の不和に苦しんでいる人。シングルで子どもを育てている人、そしてうつに苦しんでいる人……。つらいことの渦中にいる人に対して、私の体験を話すことで、役立つことができる。

もちろん、いまはまだそんなつらい体験をしていない人にも、できるだけ聞いてもらえたらうれしい。自分だけが病気にかからないということはないから。健康だった私がある日子宮頸がんを宣告されたようなことは、いつ起こってもおかしくない。

死にたいと何度も思っていたけれど、がんに苦しむ中で出会わせてくれた人たちに支えられ、少しずつ生きていてよかったと思えるようになった。

母や娘の関係が整理されてよくなると、不思議とすてきな人との出会いが増え、人間関係もよくなっていく。それは確かなことだと思う。

すてきな人たちと出会うと、いままでにないほどの「生きる力」をもらう。

だから死んだらあかん。

生きていることは、それだけで価値がある。

死と隣り合わせになりながら、一生懸命、人のために生きている人たちを知っている。亡くなってしまったけれど、最後まで果敢な生き様を見せてくれて、生き残っている私たちを励まし続けてくれる人もいる。

私もできることならそんな存在になってみたい。そんな仕事をしてみたい。

そのためにも一番大切なことは忘れない。

死んだら、あかん！

第4章 宿命を使命に変えて生きていく

「目撃者」になれば、「生きる力」が湧いてくる

ライブ会場でのことだった。

その日のセカンドステージが終了してから、会場の入口でお客さんを送り出そうとしていた私のところにひとりの男性が近づいてくる。彼は無言のまま、自分の携帯電話を差し出して画面を見せてくれた。

「私は病気のため声が出ません。松田陽子さんもいろいろご苦労されたのですね。今日は松田さんから勇気をもらいました」

がんや病後のうつを経ていま歌手として歌っているというMCに、感動してくれてのことだった。

「私のほうこそ、ありがとうございました」

気がつくと二人一緒にずっと固い握手をしていた。

ほかにも、CDを買ってくれたお客さんが話しかけてくれる。

「明日、離婚するんです……」

うつむいているのは、涙をこらえようとしているからなのだろうか。

ライブに来てくれるお客さんの中には、つらい人生の真っただ中にいる人がたくさんいる。

かつらをかぶって見に来たと打ち明けてくれたがん患者の女性、自殺で大切な人を亡くした人や、闘病する家族を支えている人もいる。うつをはじめとした、いろいろな自分の悩みを抱えている人もいる。そんなお客さんが、私の歌を、私の経験を聞いて、元気になってくれる姿を見るようになった。

どんなに苦しんでいる人でも「人の言葉」「人の手」によって変わっていく瞬間がある。私はその瞬間の「目撃者」となった。

その瞬間に立ち会えたときは、私も大きな力をもらう。

「生きる力」を。

がんになって、これまで本当にたくさんのエネルギーをもらって、たくさんの「気づき」があって、光のない人生を変えることができた。そして私はいま、幸せに生きている。この気づきをあなたにも伝えたい。

私が変わっていったのは「カミングアウト」から。まだつらい気持ちはあるものの、私は歌のステージで、少しずつ自分の境遇を話すようになっていた。

カミングアウトは悲しみを軽くしてくれる

わざわざ話していいことなんて何もない……。

「カミングアウト」は、がん患者、とくに私たち「子宮頸《けい》がん患者」にとってはもっとも大きな出来事のひとつ。すごく勇気がいるし、難しい。

でも自分の曲を歌う合間にこれまでの人生を話すようになってから、お客さんとぐっと心が近づくことを実感するようになった。

「病気だった」という告白からはじまり、「がんだった」という段階を経て、ついには「子宮頸がんだった」と公の場で話すことができるようになったことが、私を大きく変えた。

子宮がないことを打ち明けるのは、プライベートの友達でさえつらいけど、皆の前で話すのは、また違った勇気が必要だ。

女性の象徴といえる器官がない――。

女性としての明らかな抵抗があった。皆の前で、裸の自分をさらしているような、弱い自分を丸ごと見せるような抵抗が。

だから、最初は「がん」を克服したという言い方で精いっぱいで、具体的には話せなかった。

それが子宮頸がん患者の普通の姿だと思う。私が子宮を摘出していることを話せるようになったのも、ごく最近のことでしかない。

ひとつのきっかけとしては、五年生存率「フィフティ・フィフティ」と言われた時期を乗り越えられたことが大きい。大きな区切りを越えられたことで、一筋の安心感が芽生えたように思う。

二〇〇九年一二月に新聞報道などで大きなニュースになったことも大きい。日本でも子宮頸がんのワクチンが解禁。

国として子宮頸がんへの対策に取り組んでいることを知ると、私にも何かできるんじゃないか、せっかく予防できるのだから、悲劇を味わう女性をなくしてほしいという気持ちになった。子どもを産むことを断念させられ、自分だけでなく家族や親しい人、愛する人にも悲しみを広げてしまう子宮頸がん。家庭も自分も、崩壊してしまうのはもうたくさんだ。

最後に、いまこうして自分の境遇を話しているのは、「人からの言葉」が何よりも大きい。

いつか言われたことがある。

「ありがとう、あなたに出会えてよかった」

その言葉を聞いた瞬間、私はがんの病魔に出合ってから初めて「生きててよかった」という感情を抱くことができた。

がんでなくした自分の「存在意義」が、がんの話をすることで取り戻せる気がした。

幼稚園の年長になったころだろうか、娘に「妹がほしい」と赤ちゃんをおねだりされたとき、自分に子宮がないことを話したことがある。

「ママはな、病気してな、赤ちゃんを育てる袋がないねん。死ぬかもしれない大変な病気やったから、ママが生き残るために、お医者さんが赤ちゃんの袋を手術で取ってしまってん」

娘は黙って私の話を聞いていた。

娘の反応が怖くて、心臓の鼓動がどんどん速くなる。

「ほんなら、胃で産んだらええやん」

「胃?」

「赤ちゃんの袋がないんなら、胃で赤ちゃん育てたらええやん」

どうやらNHKの医療番組か何かを見て、胃が袋状であることを知ったばかりだったらしい。胃も袋、赤ちゃんを育てる子宮も袋なら、同じおなかの部分にあることだし、胃で赤ちゃんを育てたらいい、という娘の連想だったようだ。

「胃で赤ちゃん育てたら、赤ちゃんが消化されてまうな」

娘の言葉に思わず笑ったら、自分の娘とはいえ、子宮がないことを打ち明けた悲しみが、ほんの少し軽くなった。

娘までが、言葉で私を励ましてくれたように聞こえた。

母親に必要なのは「ひとりじゃないよ感」

少しずつ話しはじめた経験談だったけど、それがきっかけでセミナーや講演を頼まれる機会が増えていった。

抗がん剤を扱っている世界的な製薬メーカー、ブリストル・マイヤーズという外資系の会社が主催するセミナー講師に呼ばれ、歌を歌う機会もいただいた。がんをテーマにしたものでは販売数ナンバーワンの『がんサポート』（エビデンス社）という雑誌に、インタビュー取材もしていただいた。またハローキティが応援キャラクターをしている、東京FM主催の子宮頸がん予防啓発プロジェクトにも、ラジオ番組のゲストとして二度も自分の体験を話させてもらった。

そんな講演会のなかのひとつで、オレンジリボン児童虐待防止のイベントに、ミニライブ公演も含めて参加させてもらったことがある。

そもそも「オレンジリボン」という言葉を聞いたことがあるだろうか。

ピンクリボンは乳がん撲滅を目指した運動として知名度もあるが、オレンジリボンは「児童虐待」を防止することを目指した運動の代名詞だ。

がんやうつはちょっとしたきっかけで虐待に結びつくことを知ってほしい。虐待には原因がちゃんとあって、それを知ればちゃんと変われるから。

講演会がはじまって、いざ壇上に立つと気づく。自分が虐待を受けていた話はまだ抵抗を感じないけど、自分が娘にふるっていた「暴力」のことを話そうとすると、体がこわばってとたんに口が重くなる。

「国連UNHCR協会の活動で世界平和を訴えているくせに」って笑われるのではないか。「母親失格」という烙印《らくいん》を押されるんじゃないか。そして、何より娘の耳に入れたくないという思い。

だけど、自分がDVを受けた話だけして、自分が「していた」話をしないというのは、「きれいごと」になってもっといやだ。

きれいごとの話で、人の気持ちを変えることなんてできるわけがない！

お母さんたちは、私が話し出すと静かにじっと聞き入ってくれる。

静かだけど、同時にものすごい熱気を感じる、「気迫のこもった静寂」だった。切れば血が出るような生々しい体験、私が本当の話をしていることを、感じてくれていいることを、感じてくれているのだと思う。

親に叩《たた》かれ、殴られる悲しみと痛み。親同士がケンカし、暴力が飛び交う様を見るつらさ。そして、自分自身の余裕のなさから、自分では絶対やめようと思っていたのに、子どもに手を上げていた自分——。

すすり泣きの声が漏れてきた。

「暴力は、連鎖します。もし、自分が虐待を受けて育っていても、自分の代で絶対止める、そういう気持ちを持ってください」

——ひと息ついた。

「私自身、自分があれほどいやだった暴力を、親の立場になったときに自分が繰り返すなんて、夢にも思っていませんでした。もし、いま自分に余裕がなくて、ちょっとのことで子どもを叩いてしまうことに悩んでいたら、お母さん自身、誰《だれ》かに助けてもらわないといけないところにいるんです」

もしかしたら、私自身がかけてもらいたかった言葉かもしれない。

DVをする母親は子どもをとことん愛している。そしてそれを子どももわかっているから、問題がなかなか表面化せずに深まってしまう。だけど、母親ばっかりを責めないで。じつは誰よりも愛情がないのは、その「母親自身」だから。誰よりも母親が苦しんで、抑えきれず、たまたま横にいる「弱者」に向けられてしまう。

もしかしたらそれは介護が必要な親かもしれないし、自分のかわいい子どもかもしれないということ。

「叩いてすっきりした人なんていないことは私がよくわかっています。不安定な精神状態では、一生懸命『お母さん』をやっていても、どうしても乗り越えられない……」

心の中には、かつての自分の姿が浮かんでいた。

DVという悲劇をなくすには、母親自身の心に「ひとりじゃないよ感」を持つことだと思う。

「お母さん」という役割をこなすことでどんどん孤独になって、うつにも虐待にもなる。そんな母親に一番必要なのが、「周りに支えてくれる人がたくさんいる」という事実。同じ思いをしている人がいるという事実。

がんの手術のあと、退院して日常生活に戻ったときの「誰にも助けてもらえない」という思い込みで自分を追い詰め、娘に手を上げた私。

娘の泣き叫ぶ声は一生忘れない。

「自分だけをどうか責めないでください。私はつらい、大変だ、その気持ちを周りの人に伝えて、一緒に解決しましょう」

私は声を大にする。

一番つらい気持ちは「孤独」で、それは誰にでも当たり前にあるということを知ってもらうために。

みんなに「ひとりじゃないよ感」を抱いて帰ってもらうために。

人と人は「愛の三原則」でうまくいく

専門家によれば、暴力を加えるのはもちろん虐待だけど、暴力の現場を子どもに目撃させることもまた虐待なのだという。

「グリーングリーン」という、私も小学生のときに大好きだった曲の作詞者でもあり、児童文学者の片岡輝《ひかる》さんと一緒にＤＶについて講演したときのこと、子どもを育て育てる上で実践しなくてはいけないことを教えてくれた。

それが「愛の三原則」。

「温かい肉声、笑顔、スキンシップ」

この三つを指すのだという。

驚いたことに、それは私が「がん」を通して気づかされたことでもあり、「ひとりじゃないよ感」を生むために一番必要なものでもあった。

子どもを育てていく上でも、歌手として、講演をする講師として、お客さんの前に立つときも「愛の三原則」があれば誰とでもつながりあえる。

母に対して私は言う。「生んでくれてありがとう」と（肉声）。

誰かとおいしいものを食べたときは笑顔になるし、話しかけてくれる人にも笑顔で返す（笑顔）。

お世話になった人とは握手を交わすし、娘とはお風呂に入る。手紙を渡すことも立派なスキンシップだ（スキンシップ）。

「どうやって松田さんは手を上げていた娘さんといま、そんなに仲良くなったのですか」

そんな質問を受けることがある。

DVがきっかけで母娘関係がズタズタになった人もたくさんいる中でいま仲がいいのは、私が多くの人との出会いを通して気づいたことがあるから。

――環境は勝手に変わらない、自分からしか変えられない。

それに気づいて、私は少しずつ変わることができたから「いま」がある。娘は何も変わっていなくて、昔から素直でかわいいまま。私が変わったから、娘も私を見てくれたんだと思う。

そのときは気づいていなかったけど、「自分自身の感謝の声」を、「笑顔」で話しかけて、いつも肌と肌で「触れ合って」いた。

環境はすぐには変えられないけど、決意すれば自分は変わる。

愛情を惜しまなければ、周りの人がどんどん変わる。

自分に合わせて環境が変わる。

もっと早く変わっていればよかった。

娘とこんなに幸せな時間を過ごせるんだから。

どんなに離れていても、今日もまた、娘が電話をかけてくれる。

どんなに離れていても、幸せな一日を明るい声で伝えてくれる。

微笑みがいつか「本物の笑顔」になる

いまだから言えることだけど、私の人生はとても楽しい。

いまの仕事も、家庭での生活もとても充実している。

もし子宮頸がんになっていなければ、私はいまでも専業主婦として家庭を守っていただろうけど、充実していたかどうかはわからない。再び歌手として活動しようとは思っていなかった。そして「人のためにこの命を使いたい」という手術後の気持ちになることもなかったし、ボランティア活動なんて見向きもしなかった。

そう思うと「苦楽ともに生きる」という言葉が頭に浮かんでくる。離婚してしまったことが、結果的に歌手としての私を後押しし、病を得て苦しんだ経験が、いまはほかの人を励まし、勇気づける言葉の源になっている。苦労したことは、決して無駄ではなくて、苦労したことによってこそまた、楽しいことにもめぐり合える。「人のため」に生きられる。

大切なのは、苦しいときこそ、人のために何かするということ。

どんなにつらいときでも、病のときでも、人は自分の痛み、苦しみだけにとらわれていると本当に救われない。そんなときにも人のために何かしよう、自分が何か人のためにできることはないかと考えることが、その人を生かしてくれる。

いまでも思い出すのは、入院中に私が仲良しの山下おばちゃんとしていたこと。

それは「微笑《ほほえ》むこと」だった。

生死の境をさまようような状況にあっても、病の中でつらいときでも、本当は人は明るいほうへ明るいほうへといきたい気持ちがある。

おばちゃんと私が冗談を言い合ったり、にこやかな雰囲気でいると、自然に人が集まってくるようになったことをふと思い出す。

その場にいるときだけは、病院にいるのを忘れてみんな楽しく過ごしていた。死と隣り合わせの病を得て入院していること自体は、ぜんぜん楽しいことではない。でもその中で、ちょっとしたことでも楽しみに変えられるように心がけることはできる。
苦しいときに無理やりつくった必死の笑顔かもしれない。だけどその笑顔がいつか「本物の笑顔」になるならそれでいい。

身体が不自由でも、お金がなくても、時間がなくても、男でも女でも、子どもでもお年寄りでも、そしていつでも、どこでもできること。

苦しいときこそ、楽しく生きる。

苦しいときこそ、楽しさを与える。

苦しいときに微笑むことは本当にすてきなこと。自分の中のネガティブな気持ちや悲しみ、怒りを自分の中で浄化した微笑みは重い病を抱えた人でも元気にできる。周りを勇気づけながら自分自身まで救ってくれる。

もっと弱音を吐いていい

環境は変えられない。でも、自分が変われば、変わっていく。

そうしていまは仕事もして、育児もしているから、もう回復したと思われることもある。だけど、病気になってからの精神的な重圧感や不安感は、いまでも変わってはいない。

「自分ひとりで子どもを育てていかなければ……仕事をしなければ」

「もし私のがんが再発したら娘はどうなるのか……」

シングルマザーで娘を育てていること、私の仕事がシンガーソングライターという不安定な仕事であること、そして生存率五年のフィフティ・フィフティから、生きているほうの陣地にいま立っているとしても、私が子宮頸がん患者である事実には変わりない。

ただ、離婚直後の一番つらかったころとひとつだけ違うのは、いろいろな人の助けを借りて、子育てをしていることが、「ひとりじゃないよ感」を与えてくれて、不安感を和らげてくれていることだと思う。

素直に助けを求めることさえできれば、周りに人は集まってくれるし、一歩踏み出すこともできる。

実家の母はもちろん、子どもを通して知り合ったたくさんのママ友達。動物園に連れて行ったり、お泊まり会をしたり、お互いに子どもの面倒を見たり、見てもらったりして一緒に子育てをしている。いまは男親が引き取って子どもを育てていることも珍しくなく、ときどきお子さんを預かったりしている。

大阪府の橋下徹知事も、じつは子育てを一緒にしている仲間だ。うちの娘と三番目のお嬢さんが同い年。子どもを通して知り合った当時、彼はまだ弁護士で、奥さんも六人のお子さんがいるようにはまったく見えない別嬪《べっぴん》さん、そのうえスリムで驚いたことを思い出す。

二〇〇八年の府知事選に橋下さんが立候補することになり、私にも応援できることがないかと選挙事務所の窓ふきのお手伝いに顔を出していた。ちょうど知事選の総合司会者を探していたという偶然から声がかかり、橋下陣営の総合司会を務めさせていただくことになった。選挙の間中、一緒に大阪の街を走り回ったのは貴重な体験だった。

そんな子育て仲間に囲まれて、一番変わったことは「弱音を吐くこと」だ。

「いま大変なんや。助けて!」

「あぁ、わかるわかる!」

そう言い合えるのは実際に悩んでいる当事者同士だからこそ。

ひとりぼっちで子育てをしなければならないと思い込んでいたときの私よりも、シングルマザーとして、みんなに「ＳＯＳ」を出しまくっているいまのほうが、ずっと気持ちは楽。

そしてその支えが私を「前のほう」に一歩踏み出させてくれる。人間は前に一歩踏み出せるかどうかが大切だと思う。一歩踏み出せれば、その次の一歩も、限りなく前に進むということを私は体験してきたから。

どんなにがんばっても、がんや病気はつらい。

さぁ、弱音を吐こう。

その一歩からすべてを乗り越えていけるのだから。

義母がくれた最期のプレゼント

義理の母にはとても恵まれたと思っている。

正確にいえば、離婚した夫の母なので、普通は離婚と同時に縁が切れるところだろう。しかし、もともと私が結婚する前から家族ぐるみのつきあいをしていたせいもあって、紙の上では他人になってしまっても、連絡を取り合い、とくに義母が乳がんを患ってからは、同じくがん患者同士として戦友のような気持ちでお互いに励ましあっていた。夫以上に、義理の母との縁が深かったのかもしれない。

まだ結婚していたとき、こんなことがあった。

子宮頸がんの手術をしてから、不思議と頭の中にメロディが浮かんでくるようになり、「Ｌａｎｄ〜争いのない地〜」という曲が、「出来上がって」しまった。そして家族の前で私がその歌を披露したことがあった。

「陽子は専業主婦じゃないわ。あんたは、歌を歌っていくのと違うか」

力強く言ってくれたのはほかでもない義母だった。病後間もないし、歌で仕事をするつもりなんてなかったから驚いたものだ。

「お母さん、それはないと思うわ。私は旦那さんと子どものいるいまの生活が大切やし……」

もしかしたら、義母は私のなかの何かを見抜いていたのかもしれない。

もしいいお嫁さんを望んでいるのであれば、歌手を目指すような嫁は困るはず——。自分の息子や孫をちゃんと大切にして面倒見てくれなければと思ってもおかしくないのに、義母は私自身でさえ気づかないふりをしていたものを、閉じ込めずに逆に導くような言葉をかけてくれた。

離婚後、歌手として活動するようになった私に「陽子の歌は最高や」と、いつも声援を送り続けてくれた。

自分ががんを患ってからも、「陽子に負けんようがんばらなあかんね」と気丈にがんと闘っていた。

そんなある日のこと。

「陽子、もうあかんわ……」

いつになく弱気な言葉にあわてて駆けつけると、義母は病室で小さく小さくなっていた。ちょうどゴールデンウィーク。娘と過ごすために休みを取っていたのを利用して、義母との数日間を過ごすことができた。義母の手を握りながら、これまであったいろんな思い出を語り合った。

娘を産むとき、陣痛に苦しむ私の腰をずっとさすってくれたこと。

お母さんにそっくりの鼻と口元をもつ赤ん坊の娘をいとおしそうに抱っこしていたこと。

おいしい唐揚げの作り方を教わったこと。

飲んで酔っ払ってふたりで大笑いしたことやゴルフの思い出。

いつまでも思い出は尽きなかったけど、話をするのはほとんど私で、ベッドの上の義母はときどきうなずくようにしていただけ……。

そして、義母は逝ってしまった。


夜、娘がベランダにこっそり出ていたので、声をかけた。

「何してるん?」

「ばあちゃん、お星様になってしまったから、どこにいるのか探してた……」

そう言って泣いた。

その娘の姿を見て、私もまた涙が出てきてしまった。

胸がしんとなるような悲しみに包まれていたその夜、私は義母から最高のプレゼントをもらった。

寝つかれずに、いろいろなことを思い出しながら義母のことを考えていたとき、

「生きとし生けるものすべてにあなたの愛をそそぎましょう♪」

そんなメロディと歌詞が一緒に、ふっと私の中に下りてきた。

まるで義母が私にメッセージを伝えてくれるように。

たぶんそれは義母にとっての一番大切なメッセージ。

義母が書かせてくれた一曲――、そのタイトルに「生きとし生けるものすべて」と名づけた。愛情の詰まった歌を口にすると、その愛情はあふれて必ず人に伝わる。だから私はいま、たくさん歌を口ずさむんだ。

愛情深い義母の笑顔を思い出しながらこの曲を歌う。

「陽子の歌は最高や」

いまでも、笑顔で語りかけてくれるような気がしている。

宿命を使命に変えれば人生が変わる

勘違いをしていたことがある。

子宮頸がんを告知されたとき、子宮を失ったとき、術後に家庭が崩壊したとき……。

それらすべてが私の「宿命」で、宿命を背負った運命は変えられないと思っていた。ずっとずっと深い暗闇や孤独から、一生抜け出せることはないと苦しんでいた。

大きな間違いだった。

弱音を吐くことができ、周りの人たちが助けてくれるようになって初めて踏み出すことができた一歩。その一歩が「数歩」になって、少しずつ気づいた。

数々の「宿命」は、「使命」になるということ。

「宿命」を「使命」に変えて生きていくことができれば、人生は一八〇度変わっていく。

私にとって子宮頸がんを患ったことは「宿命」だったのかもしれないけど、それは人に何かを伝えるための「使命」だったんじゃないか――。

そう思うだけで、人生の進路が前を向いてくれるし、人生がもっと「チャレンジング」なものになる。

講演会やラジオで取材されると、私は隠さず、自分の経験してきたことをありのまま語ることにしている。人に自分の経験（宿命）を伝えて、いまよりも元気になってもらう。それが私の「使命」だと思っているから。

そしてこの本を書くことになったのも、少しでもその「使命」を果たすことができればいいなと思うから。

もちろん、私よりもっと大変な境遇の人もいるし、一方で気楽に暮らしている人もいる。そのどちらの人にも必ず「使命」があると思う。この世に無駄な生命はひとつもなくて、誰もが必ず使命を持って生まれてきたと信じている。

「宿命と使命」

たった一文字の違いだけど、本当に私が生まれ変わったのはその一文字を変えてから。いまの活動も、この一文字の変化がなければなかったと思う。

宿命が大きいと、とてもつらいけど、どうかこの一文字を変えてほしい。

宿命が大きければ大きいほど、「使命」に変えたときに踏み出す一歩も大きく、きっとほかの人をも巻き込んで前に進む、とっても大切で、すてきな第一歩になるから。

あなたも今日から「最高の自分」になる

私はきっと死んでいた。

もし宿命を使命に変えることができず、あのまま小さく一人で生きていたとしたら。

もしかして「宿命」として与えられる試練は、その人が耐えられるぎりぎりの大きさなのではないのだろうか。だから、宿命に選ばれし人が試練を受けてそれを何とか克服し、強くなるのではないかと思う。

そして自分が受けた試練は、ほかの人の「宿命」を変える力がある。

「あんたひとりちゃう。死んだらあかん、もったいないで。あんたはこのつらいことを乗り越えて、そして同じようにつらい思いをしている誰かのために生きられるんやから。宿命を使命に変えるために、いまつらいことを経験させてもらってるねんで」

家庭の崩壊や離婚を経験して仕事もなく、うつになり……と次々にがんの「知られざる苦難」に襲われ、何とか生きてきたからこそ、ともに闘っていこうというエールを送ることができるし、それで人の宿命に少なからぬ変化のきっかけを提供できている。

まだ話していなかったけど、宿命が使命に変われば、「いいこと」がある。

それは、いつの間にか「最高の自分」になっているということ。

そして幸せが訪れる。

「使命を果たすことができる」と思えば、つらい経験にこそ「感謝の気持ち」を抱けるようになるからだ。当たり前と思っていた日常生活の中の些細《ささい》なことも、感謝して味わうことができる。

もちろん、苦労がなければそれが一番いい。

でも生きていれば必ずつらいことは訪れるから、そんなときに、ちょっと落ち着いて振り返ってみてほしいと思う。

これは自分の「宿命」かもしれない。ならば自分は、それを「使命」に変えてやるんだと。

孤独を経験した人だからこそ、孤独な人に優しくすることができるし、これからの孤独な経験には感謝できるようになる。

離婚を経験した人だからこそ、いま離婚して悲しんでいる人に言葉をかけることができるし、離婚の経験にも感謝できる。

がんを経験した人だからこそ、いまがんで苦しんでいる人に優しさをあげることができるし、がんの経験にも感謝できる。

がんでもうつでも離婚でも、自分が経験したことはすべて生かしていく。そう思えば人生に何が起こっても怖くない。

それだけ自分の生活が輝く、「最高の自分」になれるのだから。

「負けない生き方」で夢はかなう

子どものころ、母が私に言った言葉の中にこんなものがある。

「人間は、夢を持って生きるべきや。その夢のために努力するから、人生に無駄がない」

そのときはそんなものかと思っただけだったけど、なぜか覚えている。

いまでは夢はきっと実現できると信じている。

国連の仕事をしたいという夢、歌手になる夢——いままで私は夢を実現させてきた。

もし私がひとつ、自分の経験からアドバイスできるとすれば、「マイナスのイメージを持たない」ということだ。

なんだそんなこと、と思うかもしれない。

世間では「プラスのイメージを持て」「ポジティブに考えればすべては必ずうまくいく」という言葉がよく言われていると思う。だけど、私は決してプラスのイメージを持つことなんてできなかったひとり。ほかにもそんな人はたくさんいると思う。

だから無理せず、まずはマイナスのイメージを持たないことからはじめればいい。

人生はつねに「勝つ」ことはできない。

でも、「負けない」ことはできる！

生きているからこそ挫折《ざせつ》もするし、行動しているからこそ失敗もする。そんなとき、「負けた」と思わない生き方をすることが大事だと思う。

秘訣《ひけつ》は「人のため」に動くこと。

自分のために動いていたら、ダメだったとき全部自分に跳ね返ってきて苦しい思いをしてしまう。実際、私がそうだった。だけど人のために動いたときは、たとえ失敗しても「負け」じゃないから苦しい思いは少なかった。

それに「人のため」に動くと、たくさんのすばらしい人たちに出会うことができる。アドバイスをもらったり、楽しい時間を過ごしたりと、プラスのパワーをいつの間にか交換している。

夢の実現にいちばん大切なパワーを！

じつは「宿命を使命に変える」という考えも、「負けない考え方」だと思っている。使命のために動いていれば、人生に勝てなかったとしても、それは負けじゃない。負けずに使命を果たし続ければそれはいつかかない、「運命」になる。負けないことが運命を切り開き、自分の夢をたぐり寄せるのだから。

人生は、自分の気持ちひとつで決められる！

走ったあとに、出合える景色が気持ちいい

二〇一〇年一二月一二日。

私はホノルルを走っていた。

仕事もあって、事前にはほとんど練習の時間が取れなかったけど、ホノルルマラソン四二・一九五キロを四時間五三分で完走することができた。完走、しかも五時間を切るというのは、初挑戦ではなかなかできることじゃないとみんなに驚かれた。記録はもちろんうれしかったけれど、一番うれしかったのは夢を実現できたこと。

ホノルルで走ってみたい、というのは専業主婦のときからの憧《あこが》れだった。

秋から年末にかけて、仕事が立て込んできていたなか、なぜか一二月一二日の前後だけ、ぽっかりと空いていたのが、そもそも出走を決めたきっかけだった。

事前にフルマラソンの距離を走る時間の余裕はなくても、せめて少しでも、と一五

キロ程度の距離までは何度か走り込んだ。一五キロといってもかなりきつい。仕事で会う機会のあった先輩ランナーの猫ひろしさんにも、フルマラソンを走る心構えを教えてもらったけれど、完走できるか半信半疑な自分は消えなかった。

ちなみに私は走るとき、音楽を聴かない。

だから、いろいろなことを考える。練習で鎌倉の街を走りながら、海の匂いを感じ、夕焼けの空の色を見つめながら走った。健康で、新しい挑戦ができることを、しみじみ幸せなことだとかみしめながら……。

ホノルルマラソンへ向かう人が多くキャンセル待ちに近い状態だった飛行機の便も、いろいろな方のおかげで奇跡的に押さえられ、またハワイに住んでいる友達や、現地で偶然知り合った人々にも励まされながら、初めてのフルマラソンを体験することになった。「人の縁」で実現できたことがまたうれしい。

そして迎えたレース当日の朝。

いままでの人生を振り返り、精神的・経済的条件をクリアしてここに立てたことを深く感謝していた。

専業主婦のころに、身体も心も怠けている自分に「カツ」を入れようと出走した一〇キロマラソン。じつはそのときはすでに「がん」にむしばまれていた。そして思ってもみなかった子宮頸がんを宣告され、生きるか死ぬかわからないような状態のなか、手術を受けた。

そんな私が五年生存率五〇パーセントというところから生き延びて、いまホノルルの地に立っている。

レースがはじまった。

あの子宮頸がんの手術のあと、ベッドで横たわっていた私。うつで寝たきりになって、どん底の体調と、どん底の精神状態だった私。そこから生き延びて、いまこの瞬間、私は夢をかなえて走っている！

当時の私には、想像することもできなかったことだ。そう思うと、自分の足で踏む一歩一歩が、とても貴重でありがたい。

レースは中盤にさしかかり、どんどん苦しくなってくる。

一五キロの練習などを何度かしていたおかげで、そこまでは快調だったのに、一五キロを越えたとたんに、見事に足が前に出なくなってきた。

それでもなんとか走り続けていると、千切れてバラバラになりそうなぐらい手足が痛い。

それがずっとずっと続く。でも、やめられない。やめることはできない。

苦しいとすぐ、下を向いてしまう。

必死で前を向きなおす。


「なんで走るの？　そんなに苦しいのに」

中学時代、友達に聞かれたことがある。

「走るのは苦しくてほんといややわ。何もおもろない。でもな、走ったあとがいいねん！」

いまも、同じ。

そして「生きること」も、まったく同じ。

苦しいことがいっぱいある。苦しいけど、やめられない。でも苦しみはむだじゃない。もし、ひとつ坂道を越えたら、すごく素敵な風景に出合えるかもしれないのだ。

そして何よりいいのは、走ったあとだから出合える自分がいるということ。

ただ、下を向いたらその風景に気づかない。上を向いたあとにこそ、出合える自分がいる。

人生は勝つことではなく、負けないことだから。人と比べたタイムではなく、自分が最後まで走りきれるかどうか。

レース前に、知人にこんなふうに励まされた。

「初めての挑戦の四二・一九五キロなら、途中歩くこともあると思う。でも、歩いたっていいんだよ。そのかわり、いま私は四二・一九五キロを完走するためにしっかりと歩いているんだ、そういう意識をちゃんと持って、モチベーションを下げないで歩いてほしい」

私の胸の奥深くで、何度も鳴り響いていた言葉。

その言葉を頼りに走り続けた。

ホノルルに来るまで、私はさんざん弱音を吐いて、その積み重ねでいまこうして走らせてもらっている。

だから今度は私ががんばる番だ。足がもものの付け根からちぎれてしまいそうな激痛のするなか、何度もよろけて止まりそうになりながら、でも、私はほとんど止まらずに、歩かずに、速度は落ちても走り続けていた。

ダイヤモンドヘッドが遠くに見えてきた。

ゴールまではまだあるだろうか。

乱れた息を整えながら、自分を励ましながら走り続ける。痛みが爆発し、体中が張り裂けそうだ。

ゴールはまだはっきり見えてこない。

でもゴールしたあとの風景だけは、ダイヤモンドヘッドの空にはっきりと見えていた。

エピローグ

私の好きな言葉に「冬は必ず春になる」という言葉がある。

もしかして私は、冬が人より多い人なのかもしれない。

子ども時代のつらいとき。

子宮頸がんになったとき。

離婚して、シングルマザーになってうつ病のとき。

仕事がまったくなかったとき。

その一瞬一瞬は人生最悪だった。生きるのをやめようと思ったことも、正直何度もある。

でもね、必ず春は来る。冬の時期に蓄えたいろいろな経験が春になって、その人を花開かせてくれる。

人生に無駄なことは、ひとつもない。

生きているだけで、奇跡なんだから。

おわりに

後楽園の大きな大きなジェットコースター。

恐怖のあまり笑いながら涙が出て、緑のマスカラとアイシャドウが剥げてお互いに仮面ライダーみたいな顔になって笑ったね。

「久しぶりに大きな声で笑ったなあー」って、思ったよ。

そのころの私は、うつの薬を飲みながら、ぼちぼち仕事に復帰していて、千秋はまだ普通のOLだったよね。やっぱりつらいことがあって、うつっぽくて。

そんな二人が、ぱあーっとしたくて、遊園地に行った帰り道だよね。


「千秋は、何やりたいん？　私は歌手として仕事がうまくいくようになりたい」

「あたしは……本当はヘアメイクの仕事がしたい……」


二人とも、そのときは何もできなくて、夢があるのに、「夢を見る勇気」もちゃんとなかったね。自分の夢なのにね。

私、じつはね、けっこうがんばって言ったんだよ。


「ほんなら、あたしのヘアメイクになるといいよ」

「いいね、なれたらいいね！」

「ツアー一緒に回ったりしてね！」


その返事がすごくうれしかった。


――それから五年がたったいま、毎回ライブに来てくれるファンができました。ボランティア活動にも参加できて、まだまだ小さいけれど、夢に一歩ずつ近づいている、そう思っています。

たくさんの人に出会い、そして支えられて、シンガーソングライターとしてようやく活動することができました。

みんな、本当にありがとう。

そしていま、ライブステージの前にヘアメイクを担当してくれるのが千秋であることを、私はとても誇りに、そして心からうれしく思います。

遊園地に行った帰り道、じつは千秋に言っていなかった「夢」がもうひとつありました。

それは「本」を出すことです。

昔から、「なんであたしばっかりこんな目にあうの?」と思っていましたが、いろいろな私の体験が、本を通して少しでも苦しんでいる人の役に立てるのなら、こんなにうれしいことはありません。

ひとりぼっちだと思っていた私。

でも、ひとりぼっちではありませんでした。

もし、この本を手に取ってくれた人のなかに、自分はひとりだと思っている人がいたら、私はその人にこそメッセージを伝えたいと思います。

きっとあなたは、ひとりぼっちじゃないんだと。

最後に、いままで私を支えてくださった師匠、家族、友達、同志、ファンの皆さま、そして大切な娘の「らな」、私を産んでくれたお母さんに、心から感謝の言葉を伝えたいと思います。

誰かがひとりでもいなかったら、私は歌を歌い、こうして本を出版することはできませんでした。

みんなみんな、本当にありがとう。

二〇一一年三月

松田陽子

松田陽子（まつだ・ようこ）

シンガーソングライター。国連UNHCR協会・協力委員。ボランティア団体「self」代表。
31歳のとき子宮頸がんにかかり、子宮全摘出手術を受ける。がんの「後遺症」に苦しむ中で、離婚を経験し、シングルマザーに。その後、うつ病になりながらも、これらの経験を通して得たメッセージを伝えるため、シンガーソングライターとして社会復帰する。国連UNHCR協会・協力委員として、難民支援のための活動や外務省協力イベントにも精力的に参加。また、ボランティア団体「self」の代表を務め、「児童虐待」「子育て」などのテーマで社会貢献活動に取り組む。MBS毎日放送「水野真紀の魔法のレストラン」のエンディングソングなどを提供。「人生のどん底」から生まれたメッセージ性のある楽曲には定評があり、熱烈なファンも数多くいる。生命の大切さを訴えるセミナーも開催し、大きな共感と支持を得ている。

生きてるだけで価値がある

2011年4月5日　初版印刷
2011年4月15日　初版発行

著　者　松田陽子
発行人　植木宣隆
発行所　株式会社 サンマーク出版
東京都新宿区高田馬場2-16-11
（電）03-5272-3166
印　刷　株式会社 暁印刷
製　本　株式会社若林製本工場

定価はカバー、帯に印刷してあります。
落丁・乱丁本はお取り替えいたします。

ISBN978-4-7631-3139-3　C0030
ホームページ　http://www.sunmark.co.jp
携帯サイト　http://www.sunmark.jp